光文社文庫

長編推理小説

風紋

松本清張プレミアム・ミステリー

松本清張

光　文　社

目次

社史編纂

早春の朝、今津章一は東方食品株式会社本社に、一番気に入った服をきて出勤した。ネクタイも昨夜銀座で買ったものをつけていた。埃っぽい、ふだんの通勤服と違って、心まで清潔にひきしまった感じがした。

本社ビルは日本橋にある。三年前に新築したもので、今では場所柄かえって贅沢な感じがしないでもない中層六階建の白亜が朝の強い光線に浮き出ていた。今津の所属は三階の文書部であった。

文書部の広い一部屋の五分の一くらいの場所に今津の机はあった。文書部との間は衝立で仕切り、机が四つならんでいた。外側の窓際を除いて、三方の壁は書棚が塞いでいる。ちょっと見ると、新聞社の調査室を小さくしたような感じだが、ここは社史編纂室という名がついていた。

社史編纂室は半年前に発足したばかりで、書棚の蔵書も資料もまだ乏しい。今津が入ると、室長の浅野忠と山根静子という女の子が一人、ぽつんと坐っていた。

「お早うございます」

今津が浅野に挨拶すると、

「お早うございます」

と、浅野室長は返した。言葉は丁寧である。定年にあと二年残っているが、額《ひたい》が禿げ上っているものの、その顔は艶々として赤味がさしていた。

浅野は前の文書部長だが、この社史編纂室が出来るにあたって室長に転出した。そのあとは次長の宇多が部長となったが、浅野にとっては明らかに左遷だ。もっとも、定年まで二年間遊ばせておくという幹部の心遣いだと説く者もあった。浅野はだれからも憎まれぬ善良な人間であった。

定年といっても、浅野がこの東方食品に入社して二十年と少ししかたっていなかった。つまり、東方食品は戦後に出来た若い会社である。その社が隆盛に向ってきたとき、浅野はほかの勤めを辞めてここに入社したのである。

「今津さん、今日は何かあるんですか?」

と、浅野室長は今津の服を見て訊いた。

「いや、何もありません」

「だって、よそ行きの服みたい」

と、山根静子が眼を笑わせて云った。

「ああ、これか。なに、ちょっとね」

今津はだれにもその理由が云えなかった。

彼は新聞の縮刷版だの古い雑誌だの引張り出して、昭和二十四、五年の世相を読みはじめた。目下は、これが一つの仕事となっている。昭和二十五年がこの東方食品の創業の年であった。

社史編纂といっても、実は社長の杠忠造の伝記をつくる仕事だった。社長は今年六十三歳になる。

杠という字は、字画は簡単だが、読むのにむつかしい字である。ほとんどの人がどう読むか知らない。これは、ユズリハとよむ。正月の門にシメ縄といっしょに下げる、あの植物の名である。

社長によると、こんな簡単な文字で読み方のむつかしいのは滅多にない。せっかく、この珍しい、そして目出度い姓の下に生れたのだから、自分も貴重な存在にならなければならないと子供のときから誇りに思い、発奮したという。これは社長の常に云う言葉だった。

前には社長もその名刺にユズリハとルビを振っていたが、それをやめている。それだけ東方食品が世に知られるようになったと同時に社長の名も有名になったのである。もっとも杠という姓は肥前にある。社長も佐賀県出身だった。

今津は私立大学の英文科を出ていた。彼が社史編纂室に回されたのは、その学科の経歴と、多少とも文章が立つところからだった。

文書部にいたとき、新設の社史編纂室付になるように島田専務から云われて今津は迷った。社史編纂はどこの社でも閑職とされている。その意味で左遷かと思ったが、一方では毎日同じような仕事をしている単調さから救われる喜びもあった。それに、社外に執筆者を頼まないというから、自分の書く文章がそのまま活字になるわけである。そのことに彼は魅力があった。

「社史編纂といっても、わが社は歴史が浅いからね、主として社長の歩いてきた道を中心に書くことになろう。だから、たびたび社長の話を聞くようにしたほうがいい。また、社長もその機会をつくると云っている」

この言葉が今津に大きな勇気を与えた。社長と直接に接触出来るわけである。

「浅野君は、そう云ってはなんだが、もうご老体だからな、主として君が中心になってやってもらうことになろう。そのつもりでいるように」

島田専務はそうも云った。

浅野室長は温厚なだけで、あまり有能とはいえなかった。文書部長になれたのも、社が若いときに入ったのと、当時では年長の社員だったからだ。考古学が趣味で、休日には運動を兼ねてよく古代遺蹟を見に出かけた。歴史に趣味があるので、社史編纂にはうってつけというわけだが、昭和二十五年創立の会社も、明治四十二年生れの社長杠《ゆずりは》忠造も、歴史には関係がなかった。

社史編纂室ができて間もなく、編纂の根本態度を決める会議のようなものがもたれた。

重役会議室で、杠社長以下六人の役員がずらりとならび、浅野室長と今津とは末席にかしこまった。社長の右隣は杠周治副社長で、左隣には島田専務が坐っていた。

周治副社長は忠造の婿養子で、国立大学の経済学部を出ている。三十二歳で、背の高い、蒼白い神経質な顔つきであった。よくいえば学究肌、悪くいうなら坊っちゃんで、ふだんから何かといえば理想的経営を口にする男である。島田専務は社の創業直後から銀行をやめて経営に参加した人間で、ほとんど白髪だった。だが、太い眉が黒々としていることでも分るように、まだ五十一歳であった。

杠忠造は、眉も頭髪もうすく、皺が深いので六十三歳の年齢より三つくらい多く見られた。しかし、もともと骨太の男で、顔の幅も身体も大きいので、ワンマン社長には全くもって似合った。東方食品を業界でもとにかく一流会社に近いところまでつくりあげてきたのだから、名実ともに独裁であった。その会議では両側の副社長も専務もずっと控え目で、他の役員は小さくなっていた。

今津は、入社試験のとき以外に忠造社長から直接の言葉をかけられたことがないので、はじめは自分でものぼせていることが分った。

編纂方針については、まず、島田専務がいった。

「わが社は創立以来四半世紀にも満たないので、社史としては、ほとんど厚味がないと思います。内容的には豊富だが、他の社が出しているような千頁《ページ》を超える尨大な本は出来ないでしょう。したがって、どうしても社長を中心に記述してゆくよりほかはないと思います。また、わが社は社長そのものといってよろしい。社長の歩いてこられた道がすなわちわが社の創立史であるから、社長を軸として編纂したほうがいちばん適当ではないかと思います。また、今日、わが社の驚異的な発展は、社長の独特な着想と烱眼《けいがん》な経営方針によるのでありますから、社長を書くことすなわち社を書くことである、このように考えます」

ほかの重役から、それは賛成ですな、とか、その方法が一番よろしいですな、とかいう声が起った。専務の発言が、はじめから忠造社長の意志であることが分っているからだ。忠造社長も、周治副社長も、それに対して発言はしない。

発言しないのは二人とも共通の気持からではなく、忠造社長は専務の言葉に満足し、周治副社長はいささかそれに批判的だったからである。そのことは、やがて周治副社長が下をむき、咳払いをしてから云い出した。

「いまの専務の言葉はもっともだが、しかし、それが社史として公表される以上、どこまでも客観性が望ましいですね」

遠慮した言葉だが、それには忠造社長の個性をあまりむき出しにしないようにという含みが響いていた。社長は一代で叩き上げた人間に共通なアクの強さがあった。それはとかく成功談になりがちである。副社長が客観性を説くのは、社長の自慢話や出世談にならないように注意したほうがいいという意味だ。或る点では、その発言は島田専務の言葉に注文をつけたのであり、舅である忠造社長の我意を抑制したのでもあった。

「ああ、それは必要だな」

忠造社長は少し渋い顔をして初めて云った。さすがにそれを無視するのは気がひけるようであった。

「まったく副社長のご意見のように、その点は、浅野君……」

と、島田専務は末席にいる室長へ眼を投げた。

「よくお気持を汲んで、いい本にして下さい」

「はい」

浅野は頭を下げた。おとなしい人だから自分の考えは云わない。

島田専務は、社長の言葉があったので、仕方なしにそれを付け加えたというようにみえた。言葉の調子も前に述べたときよりずっと弱かったし、かすかだが、その太い眉のあたりに皺を寄せていた。

室長は浅野だが、実際に仕事をするのは今津である。それは社長以下役員にも分っている。今津もその気持で熱心に会議での発言を筆記していた。

「まず最初に、どういうところから社史をはじめたらいいものですかね?」

と、島田専務が社長に訊いた。

「そうだな」

忠造社長はちょっと眼をつむっていたが、

「わが社が創立されるときからだと、どうしても説明不足になるだろう。そこに至るまでの経過を相当書きこまないと、成立の意義が一般には分らないだろうな」

と云った。これは自分の生立ちからはじめよという解釈にもなりかねなかった。

そのつづきは、今津がそのときメモした筆記帳に、次のようになっている。

「副社長発言。――本社創立の昭和二十五年以前から起すのが正しい。そのためには終戦後の社会情勢、特に産業方面を正確に書き、その関連において本社の最初の製品であるソース、カレー粉、即席コーヒーなどにふれる必要がある。

専務発言。――それも一つの書き方であるが、その終戦後の時代のなかに社長がいかにしてこの事業をはじめられたか、そこに主体をおかないと、本社の性格が浮彫りにされないであろう。

社長発言。――副社長の意見も専務の意見も適切である。社史編纂は、その両方を生かしてやってもらうことにする。

専務。――社長のご意見はもっともと思う。

副社長。――しかし、記述に当って両方面を同等にならべて扱うのは、焦点がぼけて力の弱いものになりがちだ。自分は、当時の社会情勢を客観的にかなり描いて、そのなかに社長の創業に至るまでの経過を扱ったほうがいいと思う。これは社史であるから、その体裁はあくまでも貫かねばならない。（今津註。社会環境を主とし、

社長のことは従とせよという意味か）

専務。――副社長の意見は自分も賛成する点がある。どちらかに重点をおいたほうがいいということは記述に説得力を持たせることになろう。ただし、その場合、社会的な客観情勢にあまりに力点をおくのはどうかと思う。このようなことはほかに多くの専門書や類書が出ているので、わが社史においてあまりにこれにふれるのはどうかと思う。それよりも社長の創業に至るまでの経過を主体にして、その周囲に客観的情勢を配したほうがむしろすっきりするのではないか。

社長。――自分は専務の意見に同感である。ただし、副社長が云うように、その記述には客観性を持たせるようにしたほうがいい」

このメモを読んでも分るように、社長の本意は島田専務の意見を採りたいのであった。いや、むしろ社長は自分の考えを専務の口から云わせたようなものだった。

これに対して、周治副社長は社史が「杠忠造伝」にならぬようにチェックしたのである。副社長も、専務の発言が社長の代弁と、とっくに察しているから、それは間接的には義父の社長に苦言を呈していることになる。忠造社長に対し婿の副社長が何かにつけて批判的なのは社員の間に知れ渡っていた。

副社長は、社長のワンマン的なやり方はもう古い、もう少し近代的な経営方針にしなければいけないという考えがあるらしかった。それは副社長の言葉の端々《はしばし》からもうかがえた。もっとも、副社長といえども正面から義父に抵抗はできなかった。何といっても会社をここまで伸ばした実力がある。殊に栄養食品「キャメラミン」を開発し、それを会社成長の噴射にした功績は大きい。このユニークな商品によって東方食品は、資本金十五億円、従業員約千人、近代設備の工場を二ヵ所に持つに至り、食品界では戦前からの老舗《しにせ》である大資本の一流会社にすぐ足もとまで逼《せま》るくらいになってきた。

副社長は、その出来上ったところにすべりこんで坐った人間である。婿養子という立場上、発言力はまだ非常に弱かった。だが、島田専務をはじめ重役たちが忠造社長に慴伏《しょうふく》して、イエスマンになっているなかで、ただひとり、その場合に応じた意見を婉曲《えんきょく》に述べた。社員たちは、これをこっそり「重盛の苦諫《くかん》」と云っていた。なるほど忠造は、髪がほとんど無いくらいにうすい大頭で、骨太の身体つきをしているから、その独裁ぶりと共に清盛入道に見られなくはなかった。

右の今津のメモした発言集でも分るように、それでも忠造社長は養子の副社長にいくらか遠慮しているところがある。これも、清盛、重盛父子の関係に少し似ていた。一部の社員たちからすると、周治は頼りになる副社長ではあったが、まだそれだけの実力がないから希望は将来のことであった。

さて、社史編纂の基本的な線は、この会議で決定したようなものだが、実のところ、今津章一にはその基本的な態度がよくつかめなかった。社長と専務の発言で進行すべしと思われるが、副社長の云う線も尊重しなければならない。副社長が唱える社史の客観性というのは、社長杠《ゆずりは》忠造をその平面の中に閉じこめろということだろうが、それは不可能にしても、両方の顔を立てて半々ということもできない。それでは会議の発言に出たように焦点が曖昧になってしまう。

今津の考えとしては、副社長の説に同感なのだが、むろん、それは許されなかった。かりに、社長を主体に記述するにしても、社会環境を相当に重視して純客観的な体裁にするなら、社長の人間性は相当に色褪《あ》せてしまうだろう。会議の席での社長・専務の発言にひそんでいる意図は、社長の姿を巨きく浮き上らせることにあった。

今津は、浅野忠に相談した。とにかく頼りなくとも室長であった。

「浅野さん、どうしたものでしょうね？」

「さあ。やはり社長や専務の云う通り、社長本位の社史でやるほかないでしょうな」

室長は貧乏ぶるいしながら云った。この人は少し思案にあぐんだときは、こういう癖があった。

「しかし、社長を中心にやると、副社長の云うように社長の伝記になってしまいますよ。社史のかたちから遠ざかるようですが」

「叙述はなるべく客観体にしろと云ってましたね」

「それはちょっと無理でしょう。科学的な叙述だと、社長の人間性はかなり失われます。社長や専務としては、そう書いてほしくないでしょうからね」

「歴史の科学性か、人物の主情性か、近ごろの歴史観の対立みたいなものですな。ほっ、ほ、ほ」

と、浅野はのんきに笑った。

浅野室長は元来が野心の無い上に、あと二年しかこの社には居ないから、万事のんきであった。社史の編纂も今津にほとんど任せていた。まあ、よろしく願います、という態度である。だから彼に相談してもまるきり他人《ひと》ごとのようであった。

今津はそうはいかなかった。この社史編纂で社長に認めてもらいたいという野心も出世欲もある。殊に忠造社長には直接取材しなければならないから、遇う機会も多いのである。一般の社員が社長直々に話合うということは無い。それだけにこの仕事はやり甲斐があるし、活気も覚えた。はじめ、社史編纂など閑職がやることだと、彼の転出を嘲笑して見ていた文書部の連中が、社長室に出入りする今津に羨望の眼を向けるようになった。

さて、社長からの取材だが、社長は初め、或るジャーナリストが書いた「経営者十傑」という単行本を示した。それには、戦後の企業で成功した十人の財界人のべタ賞めの略伝が載っていた。杠忠造は、この本がひどく気に入っていた。彼についてはこれまで書かれた本がない。断片的には彼の記事が載る雑誌もあったが、十何頁に亘《わた》って紹介されているのは初めてであった。忠造社長は、その本を三百部ぐらい買込んで知人に配った上、さらに二百部追加注文し、手もとに置いて、訪ねてくる人に贈呈していた。

「この中に、大体、ぼくのことが簡単だが要領よく書いてある。まず、これに沿って構想を立て、各方面から取材しなさい。君もこのくらいの文章を書かんといかんよ」

社長は眼を今津にはまともには向けないで云った。肘掛椅子が大きいので、姿勢を少し反《そ》らすと顎《あご》の下までこちらからはまる見えだった。顎には皮膚のたるみが出来、筋が突張るように浮出ていた。六十三歳の老人の哀れと、社長の貫禄とが同時に出ていた。社長は胃が弱いので、骨太なのに実は腹のあたりが落ちていた。

　社長はほとんど今津を正面から見なかった。ときどき、ちらりと視線を彼の頭の上に掠《かす》めるだけであった。もし、そこで今津の眼と出遇ったときは、いかにも都合が悪そうに視線を逸らした。それは平社員に対する社長の威厳といったもののようだった。事実、社長は今津には余計なことは一口も云わなかった。用事もできるだけ簡単に短く云う言葉になった。相手にじっと視線を当てるとか、少しばかり気楽な話になるとかいうのは、今津の地位ではあまりに差異があるように考えているらしかった。

　しかし、今津は、それが少しも嫌ではなかった。不愉快とも屈辱を感じるとも思わなかった。むしろ、彼はそのために社長がずっと偉く見えた。この広々とした社長室に二人だけで居ることも、彼にはまず重圧であった。先年、社長が外遊したとき各国から集めた調度品が部屋の周囲に配置されてある。その金ピカの趣味はたしかによくないとは思うが、この装飾も理屈を抜きにして彼に荘厳さを与えた。

「ぼくのことを知ってる人間はこれこれという人物だ。取材するには恰好な人間だから、話を聞いてみるがいい」

　社長は女秘書に書かせた便箋二枚を今津に与えた。三十人ばかりがずらりとならんでいる。それは彼の郷里の佐賀県の者もいれば、大阪に居住する者、東京在住者、いろいろであった。それらの人びとは杠忠造の過去になにがしかの接触のあったことはもちろんだが、彼に批判的な人物は悉《ことごと》く除かれていた。

今津は、或るジャーナリストの書いた「経営者十傑」を何回となく読んだ。

それはざっと、こんなことが書かれてある。

杠《ゆずりは》忠造は蓮池という小さな町に生れた。小藩だが、士族の家柄である。とにかく地主であったから、中学校までは行けた。杠という字が教師にも同級生にも分らなかったので、試験答案の名前は「譲葉」と書いた。それからは彼が一応の成功をみるまで、いちいち姓の読み方を説明するのが面倒だから、この替字で通した。中学校を出ると、自分の町の役場の書記に奉職した。それは徴兵検査が済み、三年間の兵隊生活から戻ったのち二年間つづいた。

やがて彼は野望を抱いて東京に出た。世は不況から立ち直ってはおらず、杠青年に当る風はひどく冷たいものであった。彼は浮浪者みたいな生活をしたあげく、牛乳配達、映画撮影所の掃除夫などをした。そのころに知り合った歯医者についてシンガポールに渡った。歯医者の助手みたいなことをする約束だったが、歯医者は半年で失敗して逃げ、彼だけがとり残された。同情した華僑の薬屋が彼を店員に傭った。漢方薬であった。ここで二年間、中国語と英語とをおぼえたが、結局、英語のほうだけが残った。

華僑夫婦が喧嘩ばかりするのでイヤになり、英国人の経営する食料品店の店員になった。ここで初めて忠造と食品の因縁が出来てくる。その英国人は本国から商品を仕入れて売るのが主な商売だったが、自分でも小さな工場をもって、即席コーヒー、ソース、マヨネーズをつくっていた。その安物に本国からくるものとそっくりのレッテルを貼り、本物に混ぜて売っていた。

忠造は小売屋などに配達する一方、工場にも使いで出入りしていたから、見学しているうちに何とかそれらの作り方を覚えるようになった。日本に帰ったら、何かの役に立つかもしれないと思い、職人についていろいろ聞き、メモしておいた。

食料品店はインチキがばれ、本国からの仕入れがとまったので倒産した。昭和十年になっていた。中国で戦争がすすみ、日米開戦の噂がとぶようになったので居づらくなり、日本に帰った。

小金を溜めていたので、千住あたりの小さな印刷屋を居ぬきで買いとった。本当は食品工場をつくりたかったが、輸入原料が手に入らなくなるだろうと思ったからである。印刷屋開店を機会に女房をもらった。それが現在の与志子である。小さな紙問屋の娘で、印刷用紙を買っているうちに縁談がもちあがった。結婚が昭和十五年の秋、翌年の暮に女の子が生れたが、同時に太平洋戦争となった。

戦争の進行につれて職人の不足と用紙の窮乏がきた。印刷屋の統合がしきりと行われたが忠造は頑張った。紙は与志子の家がこっそり何とか回してくれていたからである。夫婦で活字を拾った。忠造は食品製造の夢が強くなっていた。不可能となると、よけいに憧れが強くなっていた。

小さな印刷屋ながら、東部軍司令部にコネがつき、仕事と同時に用紙をもらった。東京は度重なる空襲で司令部出入りの印刷所が多く焼け、彼のところは忙しくなった。下町にある紙倉庫が焼けたといっては、軍から紙をふんだんにもらった。倉庫は架空でつくっては焼いたから、実際の秘密倉庫にかくした紙はふえる一方であった。これは紙屋をしていた与志子の父親の入知恵であった。その品川の紙問屋はとっくに焼けていた。

敗戦になって、ストックした紙をヤミで動かしはじめた。隠匿《いんとく》した上質用紙が三百連近くもあった。少しずつ出してもたいそうな儲けであった。世はまだチリ紙みたいな仙花紙時代であった。彼は紙を売ってはほかの品を買い、それを売っては儲けた。一口にいえばヤミ商人であった。

アメリカ兵の缶詰類を見て、食品製造の意欲が湧上ってきた。今度は夢では終らなかった。まだ、日本人は米がろくに食べられないときだったが、遠からず「贅沢な」食品生活時代がくると信じた。

はじめてつくったのが、紙袋入りのコーヒー粉であった。米軍のインスタントを真似たのだが、むろん、味も香りもなかった。材料は大豆を煎って粉にし……以下は忠造のインチキぶりになるので「経営者十傑」は明瞭に書いていない。取材が出来なかったのかもしれない。

とにかく、昭和三十年ごろには、東方食品株式会社というのがあって、インスタント・コーヒー、ソース、カレー粉などをつくっているくらいは世間の一部ではどうにか知っていた。もちろん、三流品ばかりである。

《ここにおいて杠忠造は考えた。商品に何とか特徴を出さねばならない。インスタント・コーヒーは外国製品に及ばない。ソースは戦前からの銘柄品がある。カレー粉も大したことはない。味に特徴が求められないとすると何だろう。彼は日夜それを考えた。営業成績は現在ではそう悪くないが、このままではやがて下降することは必至である。彼は耳から血を出すような思いで考え悩んだ。そして、ある夜ふけに蒲団の中で天啓のように思い出したのが、シンガポール時代、華僑の漢方薬の店員をしたときの経験であった。そうだ、食品と薬とを結合させたらどうだろうかと。……日本人の食生活は戦前以上に豊かになり、人々は健康を求めていた。》

「経営者十傑」にはそう書いてある。

しかし、ありふれた薬では駄目である。ビタミンCなどとうたうのは平凡である。新聞の薬品広告を見ていると、各社とも同じような効果を宣伝している。漢方薬に何かないだろうか。さんざん苦労して思案の末、華僑の暗い店の奥に天井からぶら下っていたおそろしく細長い植物の根が眼に浮んできた。あれは何だと店主にきいたら、「駱駝《らくだ》の茨《いばら》」だという。英語名Camel Thorn。サハラやアラビアの砂漠に生えている灌木の一種。雨が降らなくても、附近に沼沢が無くとも、一年中、乾上った砂の中に生命力を保っている植物である。これはラクダだけが食べる。ほかの動物は食べない。ラクダが砂漠に強いのは、これを食うからだろう。主人はそう答えた。

効くか、ときくと、ここに置いてあるものに効かないものはないと主人は脂でつるつるしている額《ひたい》を指先でたたいて見せた。これを煎じて飲んでいるから、こんなにわしは丈夫なのだ。嘘か本当か分らなかった。

砂漠の植物。いい幻想を人に与えそうであった。灼熱の砂漠に強い駱駝の秘密がこの灌木にありそうだった。砂漠を行く一列の駱駝、ロマンチックであった。日本人の心をそそりそうであった。

杠忠造は大学に駆けつけて植物学者に遇った。Camel Thorn は乾性植物と呼ばれ、土俗語では「ヤンタク」という。長い根は深いところにある地下水に届いている。この植物の組織には糖がたくさんふくまれている。植物学者はそう云った。キャメル・ソーンが含有している糖の化学分析表をもらったが、これは外国の資料からであった。

忠造はそれを持って、別の大学に行き、薬学の教授に遇った。仁田哲郎博士である。化学分析表を見て、さあ、人間に効くかね、といって笑った。先生、どうか調べて下さい。調べるといっても、君、現物が無いからね。

杠《ゆずりは》忠造はすぐにベイルートに飛行機でとんだ。車で、シリア、イラクの旅がはじまった。ここが忠造の偉いところである。ここぞと思うと、わき目もふらずに突進して行く。重役たちは無茶だといって社長をとめた。従業員の間からも嘲笑が起った。しかし、忠造は歯牙にもかけない。執念があるからだ。このままだと、会社はジリ貧になる。とにかくテコ入れになるものを探さなければならない。彼の頭の中は『駱駝のいばら』でいっぱいだ。外国旅行だというのに見物一つするではなかった。眼に見えるものは茶褐色の砂漠のところどころに群生している棘《とげ》のある矮《わい》小《しょう》な緑色のキャメル・ソーンだけだ。忠造に従う者は現専務の島田ただ一人。忠造、このとき四十七歳。島田は三十五歳。むろん、ホテルのあるのは大都市だけだ。両人はアラビア人の家に宿を乞うて、寝苦しい夜を明かす。あくれば皮膚も溶けそうな灼熱の砂漠遍歴。日の出からすぐに砂漠は五十度の暑さになる。土地の住民を傭ってキャメル・ソーンの採集だ。日本から持ってきた大型トランク三個はこの草だけを詰めこんだ。棘のために、忠造も島田も手が血だらけになる。それでも、砂漠の地平線の涯に真赤な陽が沈み、駱駝に乗る遊牧民の列を見ると忠造は感激して島田に云う。「君、この光景を眼から忘れないでおけよ。日本に帰ってぜひ、これを新製品のイメージにもりこむのだ」と。島田は大きくうなずく。両人は砂漠の落日に向って、思わず跪《ひざまず》き、ひれ伏して拝む。ちょうど熱烈なるイスラム教徒のように。二人とも故国を想い、事業の前途を祈って泣いていた。――》

「経営者十傑」の「杠忠造伝」中でも絶唱のところであった。忠造が今津章一に、

「これはよく書いてある。『社史』もこんなふうに書きたまえ」

と命じたはずであった。

今津は社長から渡された人名表に従って、取材して歩いた。この人たちは杠忠造の過去に大小の相違こそあれ接触した人間ばかりであった。忠造の過去を構成している人間建築物の一つ一つであった。老人が多い。なかには禿頭の一流会社の社長もいた。白髪の零細企業のおやじもいた。今津章一の取材帳は厚手の大学ノート五冊にもなっていた。しかし、それはまだ全体の三分の一にも達してなかった。

——ところで、今日の一張羅のことだが、実は、昨日、社長秘書の平井むつ子が今津のところに来て、そっと社長命令を伝えたことと無関係ではなかった。

「明日の晩七時ごろに、社長が神楽坂の〝多喜川〟に来て下さいとのことです」

〝多喜川〟はいうまでもなく料亭であった。

「何か、お使いにでも行くんですか？」

「いいえ。黙って社長のお座敷に坐っていればいいんですって」

「…………」

今津が混乱して平井秘書の顔を見つめていると、

「社長は、こうおっしゃったわ。今津さんがこれまで取材のために遇われた人たちは、いわば自分の事業の鬼である面を見ている者ばかりだ、それでは片方だけにな って困る、少し、わしの人間性の面も見せておきたい、こういうことでしたわ。それから、これ、あまり人には云わないようにとおっしゃっていました」

と伝えると、彼女は細い顔にあどけない微笑を漂わせて離れて行った。

今津は今日よそ行きの洋服できた理由を浅野室長にも云えなかった。

「この前の日曜日には長野県の尖石《とがりいし》の遺跡を見に行って長い間の念願を果しましたよ。いや、もう、信州は縄文文化時代の自然博物館ですなア。あすこは、今津さん、打製石器でもヨーロッパの旧石器時代のそれと……」

浅野室長が駘蕩《たいとう》とした顔で話すのも、今津の耳には聞えず、七時以後のことばかりが気にかかり、胸が鳴っていた。

人間社長

今津章一は、七時二十分前に神楽坂に行った。

〝多喜川〟というのは、小暗い通りにならんでいる料亭の中ほどにあった。暗いといっても、それぞれの料亭の門の前にはしゃれた看板に灯が入っているので、かえって風情がある。今津は知らないが、こういうのを昔の待合というのであろう。両側の塀の際には自家用車が灯を消して列をつくり、停っていた。

〝多喜川〟は、その中でもみるからに大きな構えで、一度もこういう場所に来たことのない今津は心臓が早鳴りした。表に待っている車のどれかが社長のものだろうが、眼をむける余裕はなかった。

水を打った玄関までの長い石路を伝ってゆくと、横の暗い植込みの下には四角い雪洞《ぼんぼり》が置いてあって、蠟燭《ろうそく》の灯が淡く照らしている。

玄関に入ると、下足番のような法被《はっぴ》を着た年寄が、どちらさまで、と訊いた。会

社の名前を云うと、おやじは奥のほうに大きな声で女中を呼ぶ。出てきたのは五十くらいの、背の低い女で、

「東方食品さんですか。どうぞ」

と、片手をちょっと真似だけ畳について、先に立った。

中は広く、廊下をいくつも曲って、奥の突き当りの襖を少し開き、お見えになりました、と告げた。中からは別に返事もない。女中が今津を導くようにして入ると、そこは控えの間で、また奥に襖が閉まっている。その向うの障子際に、社長のコートらしいのがあって、もう一つのコートとならんで折りたたまれていた。

今津は、その赤に近い茶色のコートにも見おぼえがあった。大山常務である。大山常務は社長と中学校時代の同窓で、その縁故から東方食品に役員として迎えられた人である。

その女中がかしこまって襖を両手で開けた。幕を開いたように眼に飛びこんだ中の光景に今津は思わず後ずさった。いちどきに華やかな色が明るい光に出現して眼の前が眩《くら》みそうであった。

床の間を背にして杠《ゆずりは》社長の赧《あか》ら顔があった。その真向い、向うむきに坐っている背中は大山常務だ。あとは色とりどりの座敷着の芸者たちが五、六人ぐらい、二

人をずらりと取巻いていた。今津はそれだけを眼に収めると、心もどこかに飛んで上《うわ》の空で閾際《しきいぎわ》に手をついた。遅くなりました、と云ったつもりだったが、声が口の中で消えた。

「どうぞ」

と、すぐ近くにいた芸者の一人が今津のほうをふり返り、席をすすめた。その席は別な芸者が身体を起しかけてあけようとしている。

「その男はあっちに坐らせてやれ」

と、社長は顎でずっと下座を示し、呟くように云った。

そこは横長にならべられた卓の狭い端である。

「まあ、社長さん、あんなに離れなくても」

と、社長の横にいた年配の芸者が今津のほうを見て云うのが聞えた。

「いや、若い者はあそこでよか」

今津は身体中が熱くなり、額に汗が浮んだ。その端の座蒲団に坐るのも無意識のうちである。ただ、膝を几帳面に揃えてかしこまった。

大山常務はちらりと今津のほうを見ただけで、あとは社長といっしょに彼を無視した。二人で先ほどからの話のつづきをしているが、今津の耳にはまだ聴覚がなかった。

若い芸者が新しい膳を眼八分に捧げて今津の前に置いた。

「どうぞ」

お辞儀をしている今津に銚子をすすめた。

「いいえ、わたしは……」

今津は、社長と常務に射竦《いすく》められた恰好で盃も手に取れなかった。

「あら、召上らないんですか？」

「はあ、いえ……」

「だって、お一つだけでも」

「はあ、いえ」

今津が逆上《あが》っているのを、社長も大山も無視して自分たちだけで話したり、芸者としゃべったり、酒を呑んだりしていた。

社長と常務がこういう場所で二人だけで話すのを、今津は初めて聞いた。それでなくとも二人には九州弁があるのだが、ここではそれがもっとひどかった。同郷で中学校の同窓という仲と、他人の入らない気安い席というので、お国訛りが露骨だった。強いアクセントで、聞いていてもよく意味が取れない。まるで口喧嘩をしているような言葉つきである。それがおかしいといって、はたの芸者が笑ったり口真似したりしていた。

　今津もさすがに少し馴れてきた。かえって、社長と常務から無視されているのが気が楽である。社長は酒が強い。いくらでも呑む。常務も好きだが、量は社長に及ばないようだった。ところで、今津は、自分がここに相伴《しょうばん》として呼ばれて来たのでないことはよく自覚していた。これも仕事である。社長からこの席に呼ばれた理由を考えると、どうやら、社史編纂の一資料として、社長は自分のこうした一面を見せたかったらしい。

　社史といっても杠忠造中心になるので、結局は彼の人物伝記になってしまう。社長としては大いに人間忠造を見せ、そこに自分の人間像をつくらせようというつもりらしかった。いつも社長室で部下を叱咤したり、役員会で演説したりする杠忠造ではなく、その半面、こうした知られざる部分もあるのだという、近ごろの伝記風に沿って書かせるつもりであろう。

　そうなると、今津はただの観察者であって、この席の客ではない。彼は空気と同じにならなければならないと思った。社長と常務の感興を妨げてもいけないし、また、ここに居る芸者たちと口を利いてはならないと思った。この席にいるだけでも光栄だった。平社員の身で、だれが社長と常務の宴席に同座できる者がいようか。これも畢竟《ひっきょう》、社史編纂という職務のおかげであった。今津は、いよいよ身体が硬くなった。

「一昨日《おととい》も滝野君に遇うたが、なかなか頭のよか男での。はじめは当人もなかなかうんと云いよらんやったが、どうにか話がまとまった。これでわしもやっと安心したばん」

社長が云っていた。

「村上さんが骨を折ってくんさった甲斐のあったとばいな」

常務が社長の顔をのぞくようにして云った。同窓生といっても、今では社長と常務の間である。それも大山は社内では無能ということになっている。彼はただ社長の「竹馬の友」というところで拾い上げられたにすぎない。それまで勤めていた会社にいれば、役員はおろか、課長になれたかどうか危いものだという蔭口がある。いま大山が言葉の先だけでは友だち扱いだが、杠忠造に卑屈なくらい遜《へりくだ》っているのを見ると、その蔭口が嘘でないことが分った。

「村上さんには骨を折ってもらったけん、だいぶん借が出来た。何かのときにはお返しせんといけん」

忠造がグイ吞みで吞みながら云った。かなりスピードは速かった。

「そうですな。それでも、ええ人を世話してくんさったから、それくらいはあんたもせにゃいけんな」

大山が相槌を打って云った。

「うむ。これでわが社もいよいよ磐石《ばんじやく》の体制になる。ますます発展するよ」

「あら、それはおめでとう」

と、横についている芸者が忠造の肩に手を当てて銚子を取った。

「ま、おまえにもやろう。まだ、いけるじゃろう」

「わたしだけいただいていいかしら？」

その年配の芸者は、どういうわけか、ちらりと眼を真向いの常務の傍にいるほっそりとした顔の女に向けて云った。その女はちょっと眼を伏せた。

「おまえは吞み助じゃけん、なんぼでも吞むがよか」

「はい。それじゃ、なんぼでもいただきます」

話の様子だと、どうやら滝野という人が新しく入社するらしかった。それもかなり上のポストらしい。村上という名前が出たが、その人の仲介で滝野という人物を引抜いてくる様子だった。本人がなかなか承知しなかったというのはよほどの人物に違いない。いま、東方食品は隆盛の一途にある。将来、どこまで伸びるか分らなかった。従業員千人、資本金も今度の増資が実現すると一挙に三十億になろうとしている。そのような会社に社長から誘われて渋るとは、現在、滝野という人の地位が想像できた。よほど一流会社にいて厚遇されているように思われる。村上というのは今津もすぐにはだれだか分らないが、考えられるのは某銀行の頭取だった。だが、当っているかどうかは分らなかった。

しかし、こういうことは一切耳に止めておかないことにした。むろん、社の者にしゃべる事柄ではなかった。一度も聞いたことのない話だし、人事としてはかなり重要で内密のようだから、気をつけねばならないと思った。また、そのような重要な話を自分の眼の前で平気でする社長に、今津は或る種の感激を覚えた。自分を信用していなければ、そんな機密を話すわけはなかった。

二人の話はそれで切れた。あとはそれぞれが横の芸者たちと無駄口を利いている。

突然、常務が手を口に入れて入歯をはずした。上の総入歯である。今津が奇異な思いで見ていると、常務は眼の前の盃洗《はいせん》の中にすっぽりと漬けた。

「あら、常務さん、その水、もう冷たくなってますわ。温《あ》ったかいのと取替えたら？」

近くの芸者がそれを見て云うと、

「お姐《ねえ》さん、わたしが取替えてきます」

と起《た》ったのは、さっき今津に酌をすすめた若い芸者だった。別な盃洗を取りに行くため襖を開けたが、そのとき、ようやくこの場に馴れて客観的になった今津の眼には、彼女の顔が二十一、二くらいの、まだあどけなさを持っているのに気がついた。そういえば、この席の中ではいちばん若いし、着物も最も派手であった。

「おい、ついでに刺身だ」

と、社長が云いつけた。


今津の前には社長や常務と同じような皿がならべられてあった。そこには差別はなかった。しかし、今津は、その半分も箸がつけられなかった。舌にのせても味が無かった。彼は少しは落ちついたものの、やはり身体じゅうから汗が噴いてくる感じだった。社長も常務も今津のほうに向って、食べろ、とも云わない。むろん、盃など呉れるはずはなかった。全くそこに存在してないかのように今津は無視されていた。

いちばん若い芸者が盆に銀の盃洗と、美しい器とを運んできた。器は社長の前に置かれ、盃洗は常務の前に出された。

「ちょうどいい湯加減になっていますわ」

と、その妓《こ》は常務に云った。

常務は人前で臆面もなくまた入歯をはずして、盃洗の微温湯の中に浸けた。とたんに常務の口もとが洞窟のように凋《すぼ》んだ。

他人の入歯をまるごと見るのは気持のいいものではない。まして宴席である。今津は気分が悪くなってきたが、ほかの女たちは平気であった。常務はこういう場所にくると、いつも入歯を湯で洗っているらしい。事実、彼は盃洗の中の歯をつまんで、ジャブジャブと水音を立てて洗った。

「あら、ずいぶんきれいになったわ。便利なのね」

と、年配の芸者たちが笑って云った。慣れているのか、心では不快だが、お愛想をいっているのか、とにかく表情も変えていなかった。

社長のほうは新しくきた器に箸をつけている。ところで、今津は、社長が刺身を注文したので、その器のなかが、刺身だと思ったのが、それは何か粉を練ったようなものだった。今津は思わず遠くから凝視した。ちょうど鳥の摺餌《すりえ》に似ていた。刺身ではないのだ。社長は箸でそれをつまみ上げては口に入れた。これはどのような料理か今津には最後まで分らなかった。

一時間もすると、座は乱れ勝ちに浮き立ってきた。社長も常務ももう仕事の話はしなくなり、ときどき互いに冗談を云う以外、もっぱら、女たちと口でふざけ合っていた。

やがて、その中の妓《こ》で座を起《た》ってゆく者もあり、代りに新しく入ってくる妓もいた。みんな社長や常務とはなじみらしく、気さくに口を利いていた。

「梅香さん、社長さんの傍にいらっしゃいよ」

と、年増の妓が忠造の横から起った。梅香というのは、さっきから忠造がちらちらと眼を向けている真向いの芸者で、常務の脇に坐ったままである。彼女は依然として部屋に残っている組の一人だった。

「もうよかろうが。社長のお待ちかねとるけん、早う傍に行きんしゃい」

と、大山常務がすすめた。ほかの女たちは梅香のほうを見て意味ありげに微笑していた。梅香は一同の催促するような視線に、とうとう起ち上って卓をまわり忠造の横に坐った。少し痩型だが、面長で、顎《あご》のやや長い、二重瞼の眼のきれいな、日本調の顔だった。

彼女が横に坐ると、忠造は柄になく照れた顔になった。梅香という妓はおとなし

いらしく、ほかの女のようには、あまりしゃべらなかった。両方が何となく澄ましたような恰好なので、女たちの中から、

「ようよう、お似合い」

という声がかかった。常務が何か云ったが、歯が抜けている上に九州弁だから、何を云っているのか今津にはよく分らなかった。しかし、とにかく、梅香という芸者が忠造社長のお気に入りであることはたしかだった。あるいは、特別な仲かもしれない。

そこへ襖を開けて新しく芸者が入ってきた。もう、四十を越していそうな年増で、顔がまるくて平べったかった。彼女は姐さん株らしく、ほかの芸者が一斉に会釈した。彼女は忠造社長の片方にぺたりと坐ると、賑かな声で挨拶した。

「やあ、千代香か。おまえのくるのを待っとったばな」

忠造は俄かに相好を崩し、千代香と呼んだ女のほうに身体ごと少し回した。千代香はわざと膝を忠造のズボンに押しつけるように坐っていた。

「ま、一杯いけや」

「どうもありがと」

その女はもらった盃を顎を反らして、ぐっと呑み干した。

「だいぶん色揚げしとるが、どこの座敷で浮気しとった？」

「あら、社長さんのところに早く来ても、何かとご都合が悪いでしょ。だから、わざとよそで時を稼いで時間待ちしてたのよ」

千代香の眼が忠造の左側に坐っている梅香にちらりと走ったようだった。梅香がその二重瞼の眼を伏せた。

「何を、こいつ、いい加減なことをいいよる。さあ、遅れた罰に、これで二、三杯受けろ」

忠造はグイ呑みを出した。

「一杯だけなら頂戴しますが、あとは真《ま》っ平《ぴら》ですよ」

「いや、許さん。二、三杯呑め」

「社長さん、そんな照れ隠しをなさらなくとも結構ですよ。ヨウヨウ、知ってますよ」

実際、今津の眼から見ても、忠造が俄かに千代香を迎えて躁《はしや》ぎ出したのは照れ隠しとしか見えなかった。やはり傍にいる梅香を意識しているからだろう。そのへんの事情くらい、今津にもどうにか察せられた。

「さあ、社長さん。それじゃ、この辺で相方を相つとめましょうか」

常務が歯の抜けた口で、待ってました、と云った。それにつれて他の女たちからも声がかかった。

「仕方がなかの。そんなら、ちかっとばかり出そうかの」

忠造は口を開く前、一瞬、眼を今津に向けた。それまでこの光景をぼんやり何となく見ていた今津も、その鋭い光りにはっと縮んだ。こんな莫迦《ばか》なところを見せてはいるが、これがおれの正体ではないぞと、叱ったように見えたのである。

忠造が何やら小唄みたいなものを唸り出した。すると、千代香が横坐りになって、文句の合間に、チ、チ、ツン、テン、シャンと、口三味線を入れている。前から、そんなことをやっているらしく、調子は上手に合っていた。

そんな二人の奇態な口合奏を聞いている今津の耳に、突然、空中からの声が入ってきた。

《杠忠造は、砂漠で採集したおびただしいキャメル・ソーンを大型トランク三個に詰めてベイルートに引返すと、島田をつけて先に日本に帰した。》或る練達のジャーナリストが書いた「経営者十傑」のうち、杠忠造伝である。

《……あとに残った忠造は何をしたか。彼の小型鞄一個の中には、これもまた棘《とげ》のいっぱいついているキャメル・ソーンが詰っていたのだ。彼はまずベイルートの日本大使館に行き、そこで現地の貿易商を紹介してもらった。どういうものを取引するかは一切云わない。とにかく信用のおける貿易商をと頼んだ。ベイルートには有名な日本の商社の支店も出張所もある。しかし、彼はそこには一切行かなかった。行っても多分相手にされなかったに違いない。

現地の貿易商はブリングハムという男だった。レバノン人である。忠造が鞄の中を開けてキャメル・ソーンを見せたところ、この貿易商は眼をまんまるくしてびっくりした。彼は忠造が気違いではないかと思ったのである。それはそうだろう、砂漠に生えている、こんな灌木を鞄にいっぱい詰めて飛びこんでくる外国人もなかったからだ。いや、現地人でさえ、そんなものは相手にしない。

忠造はブリングハムに、もし、自分がこれを必要とするときは、大量に砂漠から刈取って乾燥した上、できるだけ早く日本に送ってくれ、と頼んだ。そのための労賃や手数料を先払いした。ここが忠造の偉いところである。

もし、日本にこれを持って帰って、薬学者や、医学者や、あるいは化学者に見せて有望となれば、今度は大量に持ってこなければならない。中近東など、日本からオイソレと行けるわけはない。海のものとも山のものともつかないシロモノだから、これから人体に有効な成分を取出す実験には、大型トランク三個ではとても間に合わない。そこで、あとのぶんは、もし、少しでも実験の上有望だったら、さらにその実験を進行させる上で大量の輸送を依頼したのだ。もちろん、キャメル・ソーンそのものは砂漠に生えたタダの雑草だ。金を出してまで欲しいという者はいない。

レバノン人は、太古から地中海をわがもの顔に貿易で横行した人種だ。進取の気性がある。今でもレバノン人は海外に出稼ぎに行き、国家財政の半分は彼らの送金によって支えられている。ブリングハムにもその血は脈々と伝わっていた。とにかく、彼も何だか分らないが、これは面白いと思ったのだろう。キャメル・ソーンを刈取る人夫の料金だけは正当に要求したが、あとの手数料は向うから半分に負けた。そして杠の手を握り、何か面白い仕事のようだが、成功の暁は、ぜひ自分にもその商売の片棒をかつがせてくれと申込んだ。

杠忠造は勇躍して日本に帰った。彼はすぐに仁田哲郎薬学博士の研究室に飛んで行った。まず、先に帰っていた島田専務の大型トランクを一つ抱えて持込み、「先生、このキャメル・ソーンから人体に有効な成分を抽出して下さい。実験にはどれだけ金がかかっても構いません。わたしのアイデアだが、これが当るかどうか、わたしの商売などよりも、国民保健の向上のためにお願いします」と頼んだ。仁田博士もびっくりした。博士もそんなシロモノは初めてだ。しかし、熱心な杠の頼みを聞くと、とにかくやってみると云った。博士も忙しい身体だ。そのなかで試験管の実験作業にとりかかったのは、やっぱり忠造の意気に惚れこんだのだろう……》

「経営者十傑」に書かれている仕事の鬼、商売の鬼、アイデアの鬼の杠忠造と、いま、眼の前で年増芸者と小唄の口合奏をしている杠忠造とはどう違うのだろう。どうやら、こっちから見えない彼の片手は、梅香の手を握りこんでいるらしかった。今津には伝記中の彼と、現実の彼とが、二重になってずれていた。

合奏がやむと、突然、杠忠造が向うの隅に控えている女中を呼んだ。それがさっき今津を案内した五十くらいの仲居で、社長の耳打ちを受けると、彼女は今津の傍に寄ってきた。

「あなたね、社長さんがもう帰っていいとおっしゃるから、お先に失礼させてもらいなさいよ」

今津は真赧になった。座蒲団をすべり、両手をついて正面にお辞儀をした。社長も常務も彼のほうをふり向いてもいない。まるで芸者たちにお辞儀しているような具合だった。

今津が玄関に出ても、見送ってくる者はだれも居なかった。下足番が無愛想に彼の靴を揃えた。

今津は外へ出て歩いた。両側の待合からは三味線が聞えたり、笑い声が洩れたりしている。灯を消した自家用車は依然として黒曜石のようにならんでいた。

それでも彼は満足だった。大体、最初から、あんなところに行ける身分ではなかった。彼はようやく解放感と自由を得た。社長の宴席に同席したという昂奮がまだ残っていた。社の連中が聞いたら羨望するだろうと思った。真直ぐに侘しいアパートに帰る気はしなかった。この昂奮をどっかで発散させなければならなかった。

あれが社長の一面の人間性なのか。彼は当てどもなく歩きながら、それをどう社史にまとめたものか、胸をはずませながら構想を考えた。

なかなか胸のときめきが静まらないので、彼は映画館に飛びこんだ。割引料金で、とにかく一時間半ばかり観た。だが、映画の筋も何も分らなかった。頭はさっきの宴席と社史の構想とでいっぱいだった。

映画館を出たが、やはり真直ぐにアパートに帰れなかった。彼は新宿に出た。或る喫茶店に入った。コーヒーを頼んで煙草を吸っていると、それまでは気がつかなかったが、向うのほうの席にいたアベックのうち、真赤なセーターと白いスラックスをはいたすらりとした姿の若い女が今津のほうに寄ってきた。

「あら、またお遇いしたのね」

今津は見上げた。見おぼえは無かった。ちょっとひと目を惹く女だった。

「あら、お忘れになったの？　二時間前に、東方食品の社長さんの席でお目にかかったじゃありませんか。……わたし、小太郎よ」

今津は、あっ、と思った。自分の傍にいて最初に酌をしてくれた、いちばん若い芸者だった。

待合における人間研究

彼は、自分の眼の前ににこやかに立っている若い女の顔に、やっと、さっきまで神楽坂の料亭〝多喜川〟にいた芸者の顔を見出した。彼女のほうでそう名乗らなかったら、一時間彼女と話をしても気がつかないに違いない。

「どうも、さっきは」

と、今津は、小太郎といった芸者の顔をどぎまぎしながら見た。一時間前まで待合にいた女が、新宿の喫茶店にこんな恰好で現れるとは思わなかった。鬘《かつら》を脱いで、地頭になっているのは当然として、いま流行《はやり》の、何とかというカットが、一見いい家のお嬢さん風のムードを醸《かも》し出し、それが今津には眩しかった。これではファッションモデルとしてみてもおかしくはない。

「ちょっと、ここで話してもいい？」

と、小太郎は今津の向い側の席に眼を走らせた。

「ええ、そりゃ結構ですが」

今津は、彼女が残してきたテーブルの男が気になった。二十五、六ぐらいの、例によって耳が隠れるほどの長髪、裾がラッパのように広がったズボン、踵の部分が高くなった靴を履いた今ふうの青年である。その男は気がかりげにこっちをじろじろと見ていた。

「向うはいいんですか？」

と、今津は緊張して云った。

「平気よ」

とうそぶいて小太郎は坐った。どうも小太郎という名前は彼女の今のスタイルにそぐわなかった。といって今津の立場としては、あなたの本名は何ですか、とも訊けなかった。彼女は今津に煙草を要求し、一本くわえると、彼のライターのサービスを受けて、悠々と脚を組んで吸った。ちんまりとした鼻も、恰好のいい顎も上を向いて、現代風な魅力が感じられた。

「あんた、ああいう席は初めてだったのね？」

と、小太郎は訊いた。

「ええ、ぼくの場合は仕事だったものですから」

「それにしても借りてきた猫みたいだったわ。あんなとき、もう少し図々しくするものよ。そら、社長さんも常務さんもいらしたけれど、遠慮することないわ。かえって、お酒を呑んで酔っ払えば、面白いやつだと思われて認められるか分らないわ」

「ぼくにはまだ、そんな勇気はないんです」

場馴れした芸者の忠告をまともに受けたらとんでもないことになると、今津は思った。それでなくとも社長の伝記を書く役目のお蔭で他の社員が予想もしない光栄を担ったのだ。ここでいい気になっていれば、慢心していると思われるに決っていた。社長の杠《ゆずりは》忠造は幹部社員に遠慮なく雷を落していた。

「あんた、また〝多喜川〟さんにいらっしゃるの？」

小太郎は、やはり顎を反らして煙草を吸いながら訊いた。

「さあ、どうだか分りません。今夜は社長の人間性といったものを拝見するために、あの席に陪席を命じられたのですから」

「人間性って何よ？」

小太郎は待合の席とは違って、こういう場所では言葉つきまで変っていた。

「つまり、その、なんですね、公人としての社長と、私人としての社長とを観察しなければならないんです」

「あんたは、どうして、そんなことが必要なの？」

「そうですね……」

と、今津は云いよどんだが、今後、社長の待合における人間研究となれば、小太郎には少しぐらい事情を明したほうがいいと思った。うまくゆけば彼女から有益なアドバイスが受けられるかも分らなかった。

「実はですね、ぼく、社長の伝記、いや、社史といったものを書くように命じられてるんですが、それについて社長から、自分の人間性もつけ加えてくれと命令されたんです」

「そう。それで、あんた、あんな隅っこに畏《かしこま》って、お酒も呑まないで、社長さんの様子を見ていたのね？」

「ええ、まあ」

「社長さんって、案外、面白い人でしょう？」

「そうですね」

今津は、自分も金があったら、ああいう場所で美妓を集め、気兼なく遊んでみたいと思わないこともなかった。だが、所詮は実らない夢であった。

「社長さんは会社では怕《こわ》い人らしいけど、あんな場所では案外ダラシがないのよ。女好きでね」

「へえ、そうですか」

「あの年齢で、まだ、あっちのほうは壮年期ですって」

小太郎は口を掩《おお》って笑った。

今津は、眼の表情に困った。眼つき一つでも相槌になり兼ねなかった。そして、社長のその秘密ははじめて聞くことであった。モダンで、スマートな恰好はしているが、さすがに花柳界に身を置いているだけに、恥らいもなく、あけすけであった。

「ねえ、社長さんといっしょにいらしたオーさん、大山さんよ」

「常務ですか？」

「あの方、社長さんと学校が同期ですってね。だから社長さんのことはよくご存知だわ。オーさんは、こっそりあたしに云ったわ、ぼくはもう卒業したけれど、杠のやつは今でも毎晩女が無いと寝られないんだよ、だって」

「…………」

「ねえ。あんた、あの席で、社長さんがお代りをしたお刺身を見たでしょう？」

「え、あの鳥の摺餌《すりえ》のような……」

ふしぎな刺身の皿であった。あの実体が今津には、まだ判っていなかった。

「あれね、お魚の刺身をミキサーにかけたのよ」

「ミキサーに？」

「そして、あなたんとこの〝キャメラミン〟よ。栄養剤として東方食品のカンバン商品でしょ？」

「そうですが」

「その〝キャメラミン〟の錠剤を一人前のお刺身につき十粒、やはりミキサーで挽《ひ》いて、前に挽いたお刺身のドロドロしたものに混ぜるの。そうすると、ああいうシロモノになるのよ」

「ははあ」

「つまり、社長さんは〝キャメラミン〟がどんなに強壮剤として効くか、自分で信仰を持ってらっしゃるのね」

道理で刺身があんな色になっていたと今津は合点した。〝キャメラミン〟は砂漠の植物のエキスから取ったということを印象づけるため、その錠剤は表面も中も、緑色の人工着色がしてあった。ミキサーで挽いた刺身の色は鶯の餌のような暗緑色を呈していた。

今津の眼には、またしても、「経営者十傑」の一句が見えてきた。

《……キャメル・ソーンから、そのエキスの抽出と、その大量生産化の見通しが成功したとき、次に杠忠造の頭を悩ましたのは、その商品名である。企画会議が何度となく持たれた。精力的な杠は、商品名一つ決めるのに毎晩徹夜に近い会議を重ねた。杠にしてみれば、伸《の》るか反《そ》るかの大事業だ。名前一つといっても、それが社運を制するかも分らないのだ。いろいろな案が出た。キャメル・ソーンは土俗語でヤンタクと呼ぶ。この原名をそのまま使ってはどうかという重役もいたが、ヤンタクでは終戦後、街に溢れた客用三輪車のリンタクのように聞えてまずいと、大笑いになる。こんな珍案が続々と出る。ラクダの草だから、ラクダという名前をつけたらいいという案も出たが、なんだか落語の『駱駝の馬さん』を連想するから、それもいけないということになる。杠としてはキャメルという名前に未練があった。それはそうだろう。彼が島田専務を伴《つ》れて、あの広漠とした砂漠の涯に真赤に沈む太陽を見て、思わず灼けた地にひれ伏した感激は、駱駝とは切っても切れない印象である。

しかし、キャメルは外国の煙草もあるし、キャラメルを連想して菓子か飴みたいにも聞える。それでは紛らわしくて駄目だという議論が会議の席を占めた。だが、杠は頑張る。そして、漢字を入れるのは古臭いから、キャメルの下に片カナをつけようということになった。日本人は、こうした栄養剤に漢字をつけると、何となく効力が無いように思いがちだ。そこで杠は云った。およそ、よく売れる薬はみんな名前がおぼえやすい。ことに片カナは日本人に記憶しにくいから、片カナを使う場合は語呂がいいように、ほとんどがンを語尾につけている。なるほど、最後が鼻音は調子もいいし、したがっておぼえやすい。キャメランとか、キャメラトンとか、いろいろ出たが、結局、杠の案として現在のキャメラミンに落ちついた。この名前を得るまで、実に一週間の深夜会議が持たれた。この名前が適切だったことは、今日のキャメラミンの売行隆盛を思えば、なるほどとうなずかれよう。

さらに杠は、キャメラミンの色を研究する。今でこそ色とりどりの錠剤は珍しくないが、当時、錠剤といえば、白か淡黄色、あるいは淡紅色がきまりになっていた。だが、杠は、キャメラミンが砂漠の曠野に強い生命を張る植物であることを一般に印象づけるため、グリーンに着色した。これはまことに独創的なアイデアだ。これがアイデア倒れでなかった証拠に、「砂漠の緑」は発売当初から、圧倒的に客にうけた。新鮮で神秘的な感じを出すことに、見事に成功したのである。

杠は、キャメラミンを売出すのに宣伝方法をいろいろ考えた。もちろん、新聞広告は大々的に行った。その宣伝費は、実に同社のそれまでの全商品の十倍近くをかけた。そのため、彼はあらゆる借金をして回った。真に社の浮沈を賭けた決戦だ。業界は、有名紙に矢つぎ早に出る大スペース広告に眼をみはった。それだけではない。杠の独特な着想は、キャメラミンの試作品を各社員にタダで多量分配したことだ。

杠は社員を集めて云った。

「このキャメラミンは、諸君の家庭や、親戚、友人、知人に配り、できるだけ宣伝してほしい。新聞広告や雑誌広告は活字の上の媒体だが、いちばん効くのは、なんと云っても口から口への宣伝である。また、おでん屋やバアに行ったときなど、女の子の前でこれを飲み、大いに効力を説いてもらいたい。諸君が望むなら、そうした彼女らに与える現物を渡してもよろしい。そういう希望者はどしどし申し出てもらいたい」

社員は何よりも杠のその情熱に感動した。全社員に五ダースずつ配るとしてもたいへんな数だ。社員たちは、その見本品が自身の生活を左右することだと知って社長の言葉を真剣に実行した。むろん、社員の奥さんたちは旦那さまの一大事とばかり協力した。井戸端会議で宣伝され、亭主は亭主で友人に吹聴し、おでん屋では女中に与え、バアではホステスに与えた。およそ、バアとか料理屋は客商売だからいろいろな人がくる。女の子が出してる緑色のキャメラミンを見て、それは何だい、とつい聞く。

杠社長自身も客を接待する宴会などにこれを持参し、芸者たちに配った。これもバアのホステス同様、大いに芸者たちが宣伝してくれた。バアと違って、そういう場所にくる客は年配者が多く、社会的な地位も高い人だ。彼らもいつの間にかキャメラミンの愛用者となって、他の会社の社長や重役たちに宣伝してくれた。

こうした作戦は見事に図に当り、キャメラミンの名は忽ちひろがり、従来老舗《しにせ》の出していた有名品と同じ知名度を持つようになった。》

いま、今津は小太郎から、杠社長が刺身をミキサーにかけて、さらにキャメラミンの錠剤をミキサーで挽き、それを混合したものを食べていると聞き、「経営者十傑」にある記事を思い出して、なるほど、と心に大きくうなずいた。これはぜひ東方食品社史に書いておかねばならないと決めた。

こうした話が長びき、小太郎も前の席にすっかり落ちついてしまった。

落ちつかないのは、向うのテーブルにそれまで小太郎と坐っていた長髪の男で、苛立《いらだ》たしそうにこちらに顔を向けていた。その眼は、今津をねたましげに睨んでいた。今津も気になった。

「向うの伴れのひとはいいんですか？　なんだか待っておられるようですよ」

「あら、あんた、わたしの話、面白くないの？」

小太郎は、切れ長な眼の端で今津をじろりと見た。

「とんでもない。ぼくはお話を聞きたいんですが、どうも、あすこに待っておられるひとがお気の毒で」

と、今津は云った。あの男は、この小太郎のボーイフレンドらしいが、実際の恋人かどうか、内心ではずっと心にかかっていた。

「あんなの、構わないわ。じゃ、わたしが断ってくる」

小太郎はついと腰をあげると、颯爽として向うに歩いた。その卓に行くと立ったまま男を見下ろし、何やら云っていた。男はちょっと抗議を見せたが、小太郎は云うだけ云うと、身体の向きを変え、さっさと今津のところに戻ってきた。

「追っ払ったわよ」

「大丈夫ですか？」

「あら、何が大丈夫というの？　あんなの、何でもないのよ。わたしには、あんなボーイフレンドはいっぱい居るの。ボーリングに行ったり飲みに行ったりね。連中、みんなわたしに気兼してるの」

　小太郎は昂然として云った。事実、テーブルの男は伝票をつかんで、すごすごと店を出て行った。

　今津は、あの宴会の席で先輩の芸者たちに遠慮し、小さくなっていた、このいちばん若い芸者が、こうも外の世界では別人になるものかと思った。遊び慣れない今津の頭には、いまだに置屋などに拘束されて自由の無い、ドレイのような芸者の姿しかなかった。だが、小太郎を見ると、事情が違うらしい。まるでオフィスガールの生活である。物の本では読んでいたが、ずいぶん、世の中も変ったものだと思った。

「社長が、そんなに元気がいいというのは……」

と、今津は小太郎に取材をはじめた。まさか、露わにセックス用語は使えなかった。

「やっぱり、キャメラミンが効くのですかねえ？」

　小太郎は笑い出した。

「あら、それだったら、オーさんにも効くはずでしょ。オーさんは、すっかり駄目になってるのは、どういうわけ？」

「………」

「社長さんは、根っからの精力家だと思うわ。オーさんに云わせると、杠社長が女無しで居られないところが、事業に対する精力の根源なんですって」

今津が返事に窮していると、

「あんた、社長さんの人間性とかを書くのだったら、その点にふれなきゃ駄目よ。それが社長さんの本当の人間の姿だから」

「それは、そうですが……」

まさか、そんなことは書けなかった。

「バカね。社長さんは、何のためにあんたを〝多喜川〟さんに呼んだの？　そういうところを見せたいためじゃないの？」

「はあ」

「もっとも、社長さんは、あんたに芸者衆にモテるところを見せて、それを書いてもらいたいのかもしれないけど、社長さん、口ほどにはモテてないわよ」

「へええ、そうですかねえ」

今津には、杠社長の前にペタリと坐って、彼の小唄の相手を口三味線で務めた年増芸者の姿を思い出した。杠は眼を細めて満悦の体だった。また、ほかの芸者たちも杠を持て囃していた。

「あんたは、千代香姐さんが、あんな口三味線などで社長さんのお相手をしたので、勘違いしてるのね。千代香姐さんは心得ているから、あんな惚れた恰好をするのよ。ただのお馴染さんというだけよ。社長さんがモテてるわけじゃないわ。社長さんはお金があるから、それでみんなチヤホヤしてるの。それだけよ」

「おどろきましたね」

「別におどろくことはないわ。でも、社長さんは賢い人だから、それはよく分っているの。分っていながら〝多喜川〟さんに始終遊びにくるのは、ちゃんとお目当てがあるからだわ」

「あすこの席にいた芸者衆の中にですか？」

「ほら、あんた、梅香姐さんを知ってるでしょ」

「梅香さん？」

「はじめ、オーさんの傍に居て、そこからなかなか離れなかったけれど、とうとう、オーさんやほかのお姐さんがたに云われて、社長さんの傍に坐ったひとが居るでしょ」

「ああ、あのひとですか」

そういえば、その痩型の、面長な、顎のやや長い、二重瞼の顔が思い出された。小太郎の云う通り、はじめ、大山常務の傍に坐って、真向いから杠社長の視線をチラチラ受けていたおとなしそうな、きれいな芸者だった。そして、杠の傍に坐らされると、並居る芸者たちから、ヨウヨウと掛声がかかり、杠社長は何だか面映ゆい顔をしていた。そういう細かな情景まで、ついでに記憶に泛びあがってきた。

「あの梅香姐さんに社長さんは岡惚れしてるのよ。そりゃ大へんな熱の上げよう……」

今津は、もう一度、その梅香の顔をはっきり眼に泛べるようにつとめた。

「でも、梅香姐さんは、どんなに社長さんが云い寄っても、絶対に云うことは諾《き》かないの。社長さんったら、ずいぶん高い金目の品を梅香姐さんにプレゼントしようとしたけど、梅香姐さんは、そんなもの全然受取らないの。でも、梅香姐さんもそこは商売だから、ああして社長さんに呼ばれると、お傍に行くけれど。そら、〝多喜川〟さんの手前もあるしね。……ねえ、あんた、いいことがあるわ。社長さんのことを書くんだったら、梅香姐さんに会ってみたらどう？　社長さんは梅香姐さんに信頼してもらうため、会社の事情もかなり打明けてるんじゃない？」

小太郎によると、梅香はまだ杠《ゆずりは》の思うようにはなっていない。それで、杠は梅香を信用させるため、会社のことまで彼女に打明けているのではないか。そう云うのである。

喫茶店はだいぶん混《こ》んできていた。ほうぼうのボックスから立昇る煙で照明もぼんやりと濁っていた。

「しかし、それはちょっとむずかしいですね」

と、今津章一は云った。

「そんなひとにぼくなんかが会っても、何も云ってくれないでしょうからね。殊に会社のことなんか、たとえ梅香さんが社長から聞いていても洩らさないにきまっていますよ」

今津は口には出さなかったが、東方食品の社員として社長の想われ女に近づくなど、とんでもないと思っていた。

「ものは当って砕けろでしょ。なんでしたら、わたしが梅香姐さんとあんたとの橋渡しをしてもいいわ」

小太郎のほうが熱心になった。

「考えておきますよ」

「せっかく社長さんがあんたをああいう席に呼び、人間性を見せたいというのだったら、そこまで突っ込まなければ分らないと思うわ。あんな席にあんたがたった一回ぐらい出たって、どうしようもないでしょ」

それはその通りだった。今夜は、あの席でなじみの芸者たちを集めていい気になっている社長の姿を見せつけられただけだった。

「しかし、そんなひとに会うとしたら、だいぶんお金がかかるんでしょう？」

「バカね。芸者はいつもお座敷で会うとは限らないわ。ほら、わたしだって、こうしてあんたとこんな喫茶店でお話ししてるでしょ？」

「そりゃそうですが」

「昼間の場所だと、どんな所でもあるわ。わたしは梅香姐さんに可愛がってもらってるから、彼女を引張り出すくらいは何とかできるわ」

「そうですか」

今津もだいぶん気持が乗ってきた。社長の知らないところで取材し、あとで文章にして、あっと云わせたい気持もある。それに、社長が梅香に社内のことを打明けたとすれば、その内容にも好奇心が動いた。あるいは、社の最高の機密がうかがえるかも分らないのだ。

「しかし、梅香さんには初めて二人きりで会うんですからね。そりゃ今晩座敷では顔を見たには見たが、そんな話ができますかね？」

「大丈夫よ。なんでしたら、わたしがいっしょにそこに居て取持ってあげてもいいわ。梅香姐さんはおとなしいから口数も少いのよ。わたしとはだいぶん違うわ。古風なひとだから」

「ぼくひとりでは、とても自信がありませんね」

「だから、わたしがお手伝いすると云ってるじゃないの」

小太郎はスラックスの脚を組み、煙草をくわえながら小さな顔でじっと今津を見た。思いを込めた表情だ。……ひょっとすると彼女は、何のかんのと理由をつけて、自分俺と会う機会をつくろうとしているのではないだろうか。こう考えた今津は、自分の顔にカーッと血が昇るのを感じた。しかし、それは一瞬のことで、今津は懸命になって、彼女に傾斜しようとする心を押えた。

今津が慎重に考えて黙っているので、小太郎はその眼をあたりに向けた。そのうち、ふいに、口から短い声が洩れた。

「どうしたんです？」

「ううん、何でもないの」

と小太郎は云いながらも顔をこちらに戻して、視線をチラチラと奥のほうに向けていた。

今津もそれにつられて彼女の視線の方向に眼を向けた。すると、今までは気がつかなかったが、隅のほうに三十四、五くらいの男と、二十七、八くらいの女とがテーブルを挟んで話しこんでいる姿が映った。

今津は、おや、と思った。女でなく、男のほうだった。そのやや小肥りの白い顔は、まぎれもなく、自分の社の宣伝部長工藤稔であった。宣伝のほうにかけては業界の切れ者で、社長の信任も厚い男だった。

女が素人でないことは一目で分った。うしろに大きな髷《まげ》をつけたような、ふくれ上った髪型で、白っぽい着物に黒い羽織を着ていた。女はいくらか太り肉《じし》だった。

どうやら小太郎はその二人を知っているらしく、それを見つけた瞬間に、口の中で叫んだのである。今まで眼に入らなかったが、こうして二人で話に夢中になっているときに店に入ってきたのだろう。向うでも気づいていないふうだった。

「小太郎さん。あなた、あのひとを知っているんですか？」

今津が訊くと、小太郎は、

「前に一度お客さまに伴れられて〝花水〟さんに見えたとき、お会いしたことがあるわ」

と料亭の名を云った。今津は工藤のことかと思って、

「工藤部長、神楽坂によく行っているのですか？」

と思わず云うと、

「二度か三度よ。向こうじゃわたしなんか覚えてないでしょうけど……。でも、わたしの云っているのは工藤さんのことじゃないわよ」

と、小太郎は云った。

「ぼくは、女性のほうは知りませんね。客に伴れられて神楽坂の座敷にきたことがあるといえば、あの女性もやはり芸者さんですか？」

黒い羽織を着た和服の着こなしがその素姓のままだった。

「そうじゃないの。恰好は似ているけど、あの女性はバアのマダムよ。ほら、銀座

に〃泉〃という名前の通ったバアがあるじゃないの？」

「知りません」

「あんた、なんにも知らないのね。女の子の粒が揃っているというので有名なバアよ。〃花水〃さんには、ある会社の社長さんといっしょに見えたけれど、そのときに座敷に居たわたしも紹介されたわ」

「じゃ、彼女はその社長さんの愛人ですかね？」

「そうじゃないでしょ、その社長はほかに決った人がいるから。自分が遊びに行く料理屋さんやバアのマダムを座敷にひっ張ってくるのが趣味なの」

そういう社長族が飲みに行くバアなら相当な店だろうと今津は思い、そして、店の忙しいはずのこの時間、そのマダムをこんな喫茶店に呼び出して、二人だけで話し合っている工藤稔も相当な顔だな、と思った。

宣伝部長の仕事は、外部との交渉が多く、人との交際も多い。たいていは広告関係で、たとえば新聞社や雑誌社の広告部、テレビやラジオの広告部、電車内や立看板の広告業、そして各々の広告代理店などとは絶えずつき合いがあった。昼間の仕事の面だけでなく、夜の招待も少くなかった。

キャメラミンがこれだけ広く世に知られ、販売率が上昇し、社運が隆盛になってきたのも、もとはといえば宣伝の成功からであった。こうした商品は薬品と同じで、宣伝の巧拙が販売成績の成否を握る。

キャメラミンの売出し当初の宣伝は、人の眼をむくものがあった。全国紙には半ページや全五段のキャメラミンの広告が三日置きくらいに出たといってもよかった。地方紙にも手ぬかりなく、同じスペースのものが出た。それが一ヵ月や二ヵ月ではなく、半年くらいつづいた。その年の新聞広告費だけでも、東方食品は約一億二千万円使ったといわれた。

急激に普及しつつあったテレビにも広告料を惜しまなかった。新聞、雑誌などでキャメラミンという字を人々の眼に滲透させ、テレビ、ラジオでキャメラミンの声を耳から頭脳に吹き込んだ。これもその年、一億円くらい使った。売出したときの一年間の宣伝費に二億円以上を注ぎこんだのである。

杠社長は、新製品の商品が知名度を持つには、宣伝以外にないことをよく知っていた。彼は薬品広告を研究した。というのは、キャメラミンは栄養素として強調したから、性格的に似ているからだ。

これを薬品として売ることはできなかった。それには厚生省に面倒な手続きをとり、煩わしい試験を経た上での許可を取らなければならない上、薬は大手の信用ある製薬会社のものでないと売れないのである。そこは購買者の心理が大きくものをいうわけで、こればかりは宣伝だけではどうにもならなかった。名もない会社の大広告では、かえってインチキ薬に思われて逆効果だった。また、薬品として世間の信用をとるには、有名大学の教授の推薦をもらうとか、大病院で使ってもらうとかしなければならないが、これはたいへんなことである。そのため、製薬会社がどのように血のにじむような努力をしているかを知って杠は怯気《おじけ》をふるったらしい。そんな面倒なものにするより、栄養素を大きく宣伝した商品にしたほうがずっといい。これだと、かえって宣伝が利くと思ったに違いなかった。そして、それは成功した。

しかし、宣伝費をやたらと使うだけで成功するとは限らない。それには、宣伝マンの頭脳が優秀でなければならなかった。意表を衝く斬新《ざんしん》な発想、鮮明な商品の印象、話題となる企画を工藤稔は次々と打出した。

杠は、最初のキャメラミンの売出しの宣伝費には、あらゆる金を調達してつくった。社屋のある土地、製菓工場の敷地はいうに及ばず、自分の家、土地を担保にして銀行から借金をした。しかし、金融筋の最大限の融資には限度がある。そのとき、彼を助けたのは、大広告代理店であった。その社長が杠の捨身な懇願を引受けてくれて、当分は広告料の払込みなしに、全国紙への大広告の継続掲載を引受けてくれたのである。例の「経営者十傑」には、そのへんが「男と男の意気」として熱っぽい筆で紹介されている。

それはともかくとして、キャメラミンを有名にさせ、東方食品の業績をあげさせたのは、工藤宣伝部長の手腕が大きい。杠社長の信頼があるのはもっともで、次期あたり、役員になることは間違いなかった。

――いま、この喫茶店にその工藤が、銀座の有名バアのマダムと逢って親しそうに何かを話しているのを目撃した今津は、それが少しも奇異には映らなかった。宣伝部長は各広告業者からさまざまな招待をうけているので、そうした交際の上で、高級料亭にも呼ばれるであろうし、高級バアにも連れて行かれるに違いない。あのマダムと知り合ったのは、そういうことからであろう。

また、宣伝部は豊富な予算を持っている。宣伝のありがたさを知っている杠社長はその点、理解があった。部長にはその予算の中からの交際費もある。

今津は、工藤の姿を見てただ、羨しいと思うだけであった。そして、彼の手腕からみて、その派手な交際も当然だと思うだけだった。大体、今津にとって工藤は同じ社の人間ながら世界が異っていた。

「じゃ、さようなら」

と、小太郎が云って起ち上ったので、今津は夢からさめたようになった。

「梅香姐さんのことなら、わたし、いつでも紹介するわよ。用事があったら……そうね、今夜の〝多喜川〟さんに、おスミさんという女中さんがいるから、そのひとにことづけしてね、わたしからあんたに電話するわ」

「はあ」

「わたしのアパートにも電話はあるけど、まだ教えられないわ」

翌日になっても、今津は、小太郎と遇った喫茶店で見かけた宣伝部長の工藤稔の姿が、まだ眼から消えなかった。

工藤とマダムの様子は親密そうではあったが、特別な仲というような雰囲気ではなかった。何か相談事があって、ひそひそ話しているような具合だった。工藤の夜の遊び方が、あの、ちょっとした場面からでも大きく想像できる。

今津は、工藤宣伝部長のキャメラミンの宣伝方法がどのようなものだったかを改めてたしかめてみたくなった。例の「経営者十傑」には、簡単だが、それが次のように書かれてある。

《中近東の砂漠からおびただしいキャメル・ソーンを持って帰国した杠忠造は、その日のうちに、仁田博士のところに飛んで行った。普通、外国から帰ったのだから、ひとまず社に落ちつくとか、家に戻って休息するとかするのだが、わが杠にはそんな余裕はない。何しろ、妻の土産一つ買ってこないで、大トランク四個の中は得体の知れない棘のある植物ばかりというのだから、キャメル・ソーンに対する彼の情熱のほどが知られよう。

杠は仁田博士に会うと、帰国の挨拶もそこそこに、

「先生。すぐこれを分析して栄養分を抽出して下さい」

と頼んだ。仁田博士も眼をまるくした。しかし、杠の熱心さに、この秀れた薬学博士も打たれた。そこは科学者の情熱と通じるものがあったのであろう。

「杠君。一ヵ月ほど待ってほしい」

「一ヵ月ですって？　とんでもない。何とか一週間でやってくれませんか」

「そりゃ無茶だよ。とてもそんな短い時間に栄養の抽出をする自信はない。何しろ、キャメル・ソーンなんていうのは、ぼくにしても初めてだからな。これについてこれまで書かれている論文も無いし、資料も無い。参考書絶無のなかでやるのだから、一ヵ月でも早いほうだよ」

「そこを何とか一週間で目鼻をつけて下さい」

無茶といえば無茶で、学問のことを知らない素人の要求だ。博士も呆れたが、何とかしようと約束したのは、杠の火のような情熱に負けたのである。

待ちに待った一週間がきた。杠は、まるで子供が約束したお土産を待つように胸をわくわくさせて、仁田博士の分析結果が分る日の来るのを辛抱したのだ。

大体、杠の出社は早い。八時半にはもう会社に出ている。それで、新入社員などは社長の顔をろくに知らないから、自分より先に来ている妙なおやじを見て、庶務のおじさんかと思ったという。そんなわけで、杠は七時半に家を出るが、その朝、靴をはいているとき電話がかかってきた。奥さんが杠の背中に仁田博士からの電話だと取次ぐと杠は思わず靴の片方を手に持って座敷に引返した。

電話は博士の声で、一応の分析が出来たから研究室にこいというのだった。博士のほうも杠の気持を察して一刻も早く喜ばせたかったのだ。

「先生。出来ましたか？」

研究室に飛んで行った杠は、仁田博士の顔を見るなり、お早うの挨拶もなしに怒鳴った。

「君、まあ、見てくれたまえ」

博士は、杠を落ちつかせるように、ゆっくりと一枚の紙片をとり出す。それはキャメル・ソーンの栄養抽出試験表だった。

ここで筆者はむずかしい学術用語を使って読者を悩まそうとは思わない。しかし、キャメラミンの今日の盛大な売れ行きの原因を知ってもらうためには、キャメル・ソーンからどのような栄養が抽出されたかを簡単に記さなければなるまい。

キャメル・ソーンの成分は、次のように構成されている。

①糖、②蛋白質（トリプトファンとメチオニン）、③ビタミンB_6、④X因子。この四成分というわけである。

この中のビタミンB_6は、ビタミンA、B、Cなどでおなじみの、人間にはなくてはならない活力資源だが、B_6というのは脂肪の新陳代謝に必要不可欠な栄養素である。これはほかの野菜や果実にはあまり含まれておらず、キャメル・ソーンだけにふんだんに含有されているという貴重なものだ。駱駝が砂漠で炎熱のもとに何日間も一滴の水も飲まず、一物の食物もとらずに遠距離の砂礫の上を歩けるのは、このキャメル・ソーンを食うおかげだが、今まではその秘密が分っていなかった。ただ、ほかの動物が見向きもしないものを駱駝が好んで食べるという程度に解釈していたのである。だが、駱駝の強靭な活力は、実にこのキャメル・ソーンに含まれているビタミンB_6にあったのだ。

②の蛋白質だが、これはメチオニンとトリプトファンという二種類のアミノ酸が含まれている。このトリプトファンの新陳代謝に必要なものがビタミンB_6で、③と②は因果関係にあるというわけ。

このメチオニンとトリプトファンは普通の植物性蛋白質の中には非常に少いので、菜食の多い日本人の食卓には欠けているのである。これを見ても、いかにキャメル・ソーンの含有物が貴重なものであるかが分ろう。

また、①の糖は、いうまでもなく肝臓で脂肪に変えられるものだ。したがって、以上、糖と、メチオニンと、トリプトファンと、ビタミンB_6が駱駝の強力な活力資源であったということが理解できると思う。殊にトリプトファンとメチオニンの栄養素は日本人の口にはあまり入らない。

こうしてキャメル・ソーンの栄養素ははっきりとしてきたが、この合成の栄養剤を服用した場合、もう一つ効果のあるものが加えられなければならない。それが④のX因子である。

X因子とは、名の通り、まだ正体の知れない因子だ。こう云ったからといって別に不安がることはない。現に、因子の抽出が不可能な栄養剤や栄養食品は存在しているのである。キャメル・ソーンのX因子は、現在までのところ解明することが不可能な上、抽出することもむずかしいという栄養素を含んでいるものと考えていただきたい。つまり、その正体は神秘のベールの中というわけだ。しかし、このX因子が人間の血液を若返らせる働きを持ち、さらに細胞の組織強化という貴重な働きをすることは確実なのだ。

このX因子の正体がなぜ分らないかという説明をもう少し加えると、ここにビタミンB_{12}という造血因子がある。これの人体に必要な量というのは千分の一ミリグラムという、まことに顕微鏡的に微量なものだ。これを抽出するためには牛の肝臓が必要だが、いま、十ミリグラムを牛の肝臓から取ろうとすると、実に牛が数百頭必要となるのである。

ビタミンB_{12}一ミリグラムで人間一人の約三年の必要量を満たすことができるのだから、十ミリグラムだと三十年間は保つことになる。ビタミンB_{12}の場合、牛数百頭から十ミリグラムだが、キャメル・ソーンからX因子十ミリグラムを採取するためにも、およそ数百トンのキャメル・ソーンが必要となる。これは広い砂漠の涸れ谷に点々と散在しているキャメル・ソーンの群れからいってとうてい不可能なことで、したがって、X因子の解明は現在までのところ不可能であるというわけだ。

長々と退屈な成分のことを書いたが、仁田博士のキャメル・ソーンからの抽出報告は、大体、これだけでもいかに貴重なものであったかがお分りいただけたろう。これを聞いたときのわが杠忠造の狂喜も容易に想像ができる。

さて、これを薬品として世に出すか、あるいは栄養素の食品として世にすすめるかに杠は迷った。しかし、結局、薬品は避けた。それは前に紹介したような障害があったからである。杠は、むしろ、このような貴重な栄養素をたっぷり含んだ食品として出したほうが遥かに国民の保健に貢献すると考えた。ただ、食品とした場合、この世にも稀な栄養的価値をいかに減少することなく保たせるかに杠は渾身の知恵を絞った。すでにキャメル・ソーンの含有栄養素を知った彼は、どのような障害があろうと、また、あらゆる条件に困難があろうと、克服せずんばやまずの意気に燃えたのだ。……》

今津は前にも読んだところだが、いま読返してみて、なるほどな、と思った。これから先の記述は、遂に杠が試験的な食品化に成功したところに入る。さらに、それを食品化するための大量生産に成功する苦心談となる。

大量生産となると、キャメル・ソーンを中近東の原産地から輸入することは不可能である。そこで、キャメル・ソーンに含まれた栄養素と全く同様なものを他の植物から求めなければならなくなる。しかも、日本で容易に手に入る植物でなければならない。こういうことは珍しくなく、ある有名な調味料などは、昆布に含まれたグルタミン酸が小麦からも抽出できることを発見して大量生産に成功している。それなら、キャメラミンの場合はどうであったかというに、さすがに同じ栄養素を含んだ植物は日本では発見できなかったのだ。……

——ここまで読んだとき今津は、ふと、昨夜〝多喜川〟に呼ばれたことで、何か社長に挨拶しなければならないかな、と思った。人間には、ときとして、読書の途中に関連のないことが忽然として浮ぶものだ。別に招待を受けたわけでもなく、あの席でご馳走になったわけでもない。仰せつかった仕事だが、なんだか、それだけでは済まないような気がした。それというのが、ともかくも宴席に侍《はべ》ったのだから、半分は招待を受けたような気がするのである。黙っていては悪いような心地だった。

実は、今津も今日は杠社長から呼び出しがあって、昨夜のことで何か云われるかもしれないと秘かに思っていた。どうだ、あれで少しは参考になったか、というような言葉も期待していた。

しかし、あの宴席でも自分は全く石ころ同然に無視されたのだから、わざわざ社長が呼んで自分の感想を聞くはずはなかろうと今津は考え直した。ただ、社長も少しくらいは昨夜のことが気にかかっているのではなかろうか。

今津は、「経営者十傑」などはどこかに飛んで、思案はそれに集中した。黙っていても悪いし、のこのこ社長室に行くのも気後《きおく》れがする。また、ほかの連中の眼もあることだった。

考えついたのは、昨夜同席していた重役の大山常務だった。この人は社長の幼なじみというところから重役になっているだけで、人がいい代り仕事はあまりできない。もっとも、社長も別に大山の手腕を見込んで引張ってきたのではなく、いわば竹馬の友という因縁と、仕事以外の話相手や、私事の取計らいをさせているだけである。社内では「曾呂利」というアダ名があるが、人がいいから憎まれもしないし、べつに排斥もされていない。

今津は、大山常務に一口礼を述べようと思った。そう考えると、杠社長の前に行くよりずっと気が楽になった。もっとも、常務室に行くのも決して気が軽いわけではなかった。

役員室は六階である。今津は浅野には黙って、用ありげに席を起った。室長の浅野は考古学雑誌に眼をさらして、古代世界の三昧境に入っている。彼は、今津が何をしようと、全然無関心だった。

六階は廊下を隔てて左右には役員室と役員会議室とがならんでいる。普通の役員は大部屋だが、社長と、副社長と、専務と、常務の部屋は個室になっている。その間に秘書室があった。社長室は突き当りの左側で、いちばん風景のいい窓際になっている。

今津がエレベーターで六階に降りたときだった。ドアから出た途端に真正面から顔を合わせたのが工藤宣伝部長だった。今津は思わずお辞儀をした。

そのまま常務室に行くつもりで廊下を二、三歩歩くと、

「君、ちょっと」

と、工藤宣伝部長が止めた。ふり向くと、工藤は、その精力的な顔をニヤニヤ笑わせていた。眉の濃い男である。

「昨夜の女性は、君のガールフレンドかね？」

今津はおどろいた。工藤はちゃんと今津が小太郎と一緒のところを見ていたのだ。気づかれないものと思っていたが、向うでは素知らぬ顔をしていたのである。

「いえ、そうではありません」

今津は固くなって答えた。宣伝部長は重役室からの帰りらしかった。

「ふむ。あの女性の顔はどこかで見たような気がするよ」

工藤は、そのままの微笑をつづけて呟くように云った。眼は今津の顔に当てたたま

まだった。

「………」

今津は返事ができなかった。まさか神楽坂の芸者とは云えない。工藤が見たような顔というからには、彼も神楽坂の座敷で小太郎を見たのかも分らないが、先方が気づくまで云わないことに決めた。べつに悪いことではないが、少々照れ臭かったのである。

「まあ、いいや」

と、工藤は思い返したように、

「君、社史編纂をやっているのなら、参考になる話もあるかもしれないから、暇なときにはぼくのところに来たまえよ」

と云うなり、背中を返してエレベーターの前に戻った。

赤坂界隈

今津が秘書室をのぞいて大山常務の都合を訊くと、女の子が常務室へ入ってすぐに出てきた。今なら二、三分くらいは構わないという。

常務室では大山が机にかがみこんで手帳に万年筆を動かしていた。

「今津でございますが」

と、彼が挨拶しても大山は手帳に万年筆をしきりと動かしている。それもペンの動き具合からみて細かい字を書きこんでいることが分った。

今津は仕方なしに大山の顔が上るのをそこでじっと待っていた。鬢《びん》の白髪が真白に光っている。今津は、昨夜の宴席の大山と、今の大山の顔とがよほど違うように思われた。昨夜は生き生きとしていたが、今は何だか懶《ものう》さそうに、またどこか寂しそうでもあった。たった一人でこの部屋に居るせいであろう。今津は、相手がものを云ってくれるまで、そんな観察をつづけていなければならなかった。

大山のペンが初めて手帳から上ったが、すぐにこちらをふり向くではなく、自分の書いた字を検《あらた》めるようにじっと見ている。

「何だね?」

と、大山常務がそのままの姿勢で訊いた。

「はい。昨夜は社長と常務の席に伺いまして、いろいろありがとうございました」

ご馳走になったとは云えない。こちらは仕事で行ったのだから、ご馳走さまでしたと云えば、いかにも初めから招待されたような感じになる。

「ああ」

大山は相変らず手帳にむけて横顔を見せたまま微かに返事した。

今津は常務があと何か云いそうな気がして立っていたが、何も云わないのでもじもじした。さっきの返事ですぐに帰ればよかったが、機を逸した感じで、気の利かぬことだった。

「では、失礼します」

今津が敬礼すると、うなずくともなく常務の顎が少し動いた。

今津は廊下を戻りながら気落ちがした。大山常務は人がいいということで定評がある。その常務があんな態度だ。彼はこれまで仕事の上から社長のすぐ傍に近づけたことにわれながら胸をふくらませてきたのだが、その出端《でばな》を今の大山常務が正面から殴ったような感じだった。要するに社員は社員である。大山常務は仕事と身分とを、その態度から今津に十分に思い知らしたのだった。

机に戻ると、室長の浅野がにこにこして、

「いま、宣伝部の下原君がきて、あなたが帰られたら、ちょっと電話をしてくれないかということでしたよ」

と、ことづけを云った。

「そうですか」

宣伝部の下原とは日ごろから何のかかわり合いもない。さっき廊下で宣伝部長の工藤とすれ違ったが、それとは関係のないことであろう。しかし、下原は工藤部長の腹心だという社内の評判だった。

そんなことはどっちでもいい。今津は気落ちがして、ぼんやりとそこに坐った。

浅野は、そんな彼の様子に気がつくほどの繊細さはなく、童顔に人のいい微笑を浮べて、自分の好きな考古学のことをしゃべり出した。今津も室長の浅野ということでなく、その人柄に好意を持ってこれまで考古学の話のおつき合いをしていたのだが、今はそれどころではなかった。大山常務の木で鼻を括った態度が時間と共に身にこたえてくる。ましてや、杠《ゆずりは》社長に目をかけられるかもしれないという期待などはとんでもないことであった。

昨夜の〝多喜川〟の席で同席の栄を得たが、あれだって一緒にいた女たちの眼から見たら、ずいぶんと惨めに映ったに違いない。小太郎も口では云わないが、それらしい同情を寄せていた。してみると、今津は、社史を書くということで何かしら他の同僚の羨望と同じようにあらぬ幻影にひとり相撲を取っていたことになる。

浅野は、今津がいつになく質問もせず、またべつに仕事にとりかかるでもなくぼんやりしているので、さすがに気がついたようで、

「下原君は、あなたが帰ったら電話してもらいたいということでしたよ」

と、もう一度念を押した。

「そうでしたね」

気が進まないながらも今津は宣伝部のダイヤルを回した。ちょっと待たされて、

「やあ、今津さんですか。わざわざどうも」

と、下原は陽気な声で云った。今津より入社がだいぶん先輩だが、言葉づかいは丁寧だった。宣伝部という仕事の関係かもしれない。

「ちょっと玄関の受付のところまで来てくれませんか」

「はあ？」

「いま、お忙しいですか？」

「いや、そうでもないんですが」

それでは、すぐに、という下原の言葉だった。

今津が玄関の受付のところに行くと、下原がせかせかと現れた。彼はまだ三十四、五だが、頭も眉毛もうすかった。ちょっと見ると四十を越した年配にみえるが、顔つきはまるく、いつも元気のいい話しぶりをする。

「実は、ウチの部長があなたに社長のことを話してあげたいと云ってるんですがね。社史をお書きになる参考になるかもしれないと云ってね」

下原は云った。

「その話は、さっき六階のエレベーターの前で工藤部長から承りましたが」

と、今津は云ったが、どうしてこんなに早くそんなことを工藤が部下の下原に云ってこさせるのかと思った。

「部長は忙しいんですが、今晩はわりと時間があるそうです。実は、ぼくも一緒におつき合いを仰せつかってるんですがね。なんでしたら、いっしょに部長に会いませんか」

「今夜ですか？」

これが大山に出端《でばな》を挫かれなかったときなら一も二もなく引受けるのだが、意気銷沈している今、いくら宣伝部長の好意とはいえ、すぐに話を聞く気持にはなれなかった。今津がぐずぐずしているのを下原のほうは遠慮していると取ったのか、

「なに、気軽に来て下さい。すし屋でビールでも飲みながらお話ししたいと云ってるんですよ。工藤さんはご承知のように社長の片腕ですから、あなたもずいぶん参考になることが聞かれると思いますよ」

下原が云う通り、工藤は、その宣伝技術の卓抜さで栄養食品キャメラミンを今日あらしめた人間だ。その功績は高く買われているが、一つは、それは島田専務の決断力もあずかっている。つまり、工藤が立てたプランを島田専務が強力に推し進めたのだ。宣伝はたいそうな金を食うから、いくら宣伝部長が優秀でも、その効果を十分に発揮させる財政の協力がないと出来ない。島田は、その点極めて理解があって、杠社長を説き、宣伝費を自由に出させた。現在、島田専務は宣伝担当の役員でもあるのだ。そのような関係で工藤宣伝部長は杠のうけもよく、島田との結びつきも固い。将来はいずれ役員になるものと誰もが信じている。

その工藤に杠の話をして聞かせると云われると、今津も断りきれなかった。下原

は、なに、簡単な食事だからちっとも遠慮することはないし、時間も長くかからないと云うから、今津も、つい、それに従った。

社が退《ひ》けるころ、その下原がまた電話してきて、玄関に待っていると云った。今津は社長と一緒のときのようなことはないが、それでも前に懲りて、決して大きな期待はかけないことにした。それで、ビジネスオンリーのつもりでメモ帳をポケットにねじこみ、椅子を机に押込んだ。浅野は今津が傍でそわそわしていても悠然たるもので、まだ考古学の雑誌を愉しそうに読みつづけていた。今夜はどこですか、などとも訊かない。

玄関の受付では下原のうすい頭がベレー帽を被って立っていた。帽子を被ると、やはり三十すぎの若さにしか見えなかった。

「部長は先に行って待っていますから」

と、今津を誘い、社の前からタクシーを拾った。

どこに伴れて行かれるのかと思うと、赤坂のアメリカ大使館に近い一郭で、この辺は割烹店がならんでいる。すし屋と云ったが、つれこまれたのは表にスッポン料理の看板の出ている大きな家だった。

女中の案内で二階に上ると、奥まった座敷には工藤が床の間を背にしてすでに坐っていた。

「やあ、よく来てくれたね」

と、彼は今津を見るなり鷹揚に笑った。

「部長。もうお始めですか？」

と、早速、下原が彼の眼の前にならんでいる酒と料理を見て云った。そういえば、二人分の料理もすでに席の前に出ていた。

「いや、社長のことを今津君に話さなきゃならないので、舌をしめしていたところだ」

と、工藤はブドウ酒のような赤い液を満たした盃を上げ、二人に早速同じものをつぐよう女中に云いつけた。スッポンの生血である。

その日の出来事を今津は日記にこう書いた。

《○　工藤宣伝部長が何のために自分を招《よ》んだか分らない。多分、大山常務の部屋に行くとき六階の廊下で出遇ったが、あれで社史を書く自分のことを思い出し、社長の話を聞かせてやろうと思いついたのかも分らぬ。しかし、あんな料理屋で晩飯をおごってくれるとは思わなかった。あの場の様子では工藤部長はたびたびそこを利用しているらしい。また、そのつど下原さんも同行しているようだ。それは彼らと女中たちの話のやり取りの具合で分る。工藤部長はほとんど晩飯をああいう場所で食べているのではなかろうか。それにしても、宣伝部というところは派手に予算があるらしい。

○　工藤部長の話はもっぱら自分の自慢に終始した。『キャメラミン』のような栄養食品を生み出すには、薬品と同じ要領で宣伝しなければならない。ポイントを単に活力増進に置くだけでなく、多少とも薬品と紛らわしいぐらいに謳いあげなければならない。部長に云わせると、栄養剤など効くか効かぬか分らぬシロモノだが、そこは購買者の心理で、効くと思えば効く。鰯の頭も信心のたとえで、そう思わせることが大切だという。

はじめ、『キャメラミン』をどう売るかについてだいぶ考え抜いた。現代はアメリカの薬品万能時代だが、新薬がめまぐるしいくらい次から次と出てくるので、購買者にはかえって興味が減じている。ちょうど近代薬に対して漢方薬が最近再評価されてきたように、『キャメラミン』の原料が砂漠に生きる駱駝の食う草というところから、いわば、これはヨーロッパの漢方薬だというイメージづくりをした。

社長も島田専務には、日本人は昔から砂漠に対して一種の夢を持っている、ロマン性を感じている。そこをこの商品を売るポイントにせよ、と云ったという。そこで工藤部長は、アラビアンナイト的な幻想と漢方薬的な活力素を謳いあげたという。現代の薬品はすべて化学成分で人工的に混合されているが、そうした人工的なものよりも、薬草類の自然的なものが素朴な効果があるようにも信じられている。文明の中では自然とか単純とかがかえって直接的な効果をあげる。その現代人の心理を狙わなければならない。たとえば、ニンニクが現代薬品に採り入れられているのはそのよい例だ。自分の宣伝方法はそういう強い訴求力をもつように努めた。

○　工藤部長は、そういった宣伝の自讃を酒を呑みながらくどくどと話したが、社長のことはあまりふれなかった。あるいは自分のことを語るのがいっぱいで、肝心の本筋を忘れたのかもしれない。もっとも、社長の決断力、着想力、事業手腕などはひと通り話したが、それは一般に云われていることで、たとえば、例の「経営者十傑」の文章からは一歩も出ないものだった。自分としては社長の側近に入りこんでいる工藤部長から、その人間的な面を引出したかったが、そうした質問がはさめぬくらい彼はえんえんと、いかに自分の宣伝が成功し、『キャメラミン』の今日を築いたかを話した。もっとも、これは必ずしも自分の仕事にとって無駄ではない。なぜなら、それが社史である以上、宣伝方法の歴史も大切だからである。しかし、工藤部長は酔っているせいか、客観的なことよりも自分の自慢話のようなものが多かった。今夜は初めてのことなので自分もよけいな質問はしなかった。いずれ、これを機会にもう少し客観性のある話を聞くことにする。

○　工藤部長の話の間、主に相槌を打つのは下原さんである。彼は大きくうなずいたり、感歎詞を放ったり、とかくオーバーな表現だ。下原さんは北海道の生れ、社に入ってくるまでよその会社を渡り歩いたということだが、それだけに何だか処世が身についた感じだ。一見、情熱的にみえるが、それは現在仕えている工藤部長の知遇に応えようとするしぐさが何となくみえる。悪い人とは思わないが、そういう過剰な表現をみているとあまり好きになれない。この人は社で評判どおり、工藤部長の側近第一号ということが分った。

○　自分があのとき大山常務の部屋に行ったことを知っている工藤部長は、常務は何をしていたかと訊いた。それで、手帳にぎっしり細かい字を書いていたと答えると、工藤部長はせせら笑って、あの人は手帳マニアだと云った。どういうことかと訊くと、社長のスケジュールを書いているのだという。それなら常務として当然でしょうと云うと、いや、社長のスケジュールも社用のものでなく、プライベイトな方面だと暗に社長の女関係のことを云った。大山常務は単に社長と幼友だちという理由だけで役員になったといわれているだけに、工藤部長の話しぶりは常務の無能を嘲っているような具合にみえた。

○　そんなことで大体九時ごろに終った。女中頭が出てきて工藤部長に何やら訊いた。部長は、それでは、今日はＢＣＤ放送につけておいてくれと、当然のような顔で答えた。それだけが自分の耳に入ったので、自分は今夜のこの勘定が民放のＢＣＤ放送に回ることを知った。『キャメラミン』の広告は民放のほとんどに出しているが、ＢＣＤもその一つだ。多分、民放の業務部は工藤部長のツケを喜んで引受けるのだろう。

○　帰りに工藤部長が下原さんに何か命じた。すると、下原さんは自分に対い、これからナイトクラブに行くが、そこまでつき合わないかと誘った。自分はもうこのくらいで勘弁してもらいたかったが、ご馳走になったことではあり、むげに誘いを断るのも悪いと思って一緒に車に乗った。工藤部長はもういいご機嫌であった。車に乗るほどもなく二、三分で着いたのが一流ホテルの隣のあるナイトクラブだった。

○　ここは自分も初めてで、その巨きいことと設備の豪華さにおどろいた。きている客筋も一流で、社長族や重役族、それに政治家などもくるらしい。現に、自分の横にいたホステスが、いま誰々さんの席にいましたと云ったのを聞くと、某大臣の名前だった。また、うしろには舞台の人気俳優がいた。
○　ここでも工藤部長はいい顔らしく、たちまちホステスが四、五人やってきた。下原さんはさながら幇間《たいこもち》のようになり、歯の浮くようなお世辞を部長にべらべらとしゃべっては自分に同感を求めた。この様子からすると、工藤部長は始終こういうところに来て、そのつど下原さんがお供しているらしい。この勘定もまたどこかの放送局かと思っていると、見知らぬ男客が三人づれでやってきた。彼らは工藤部長にぺこぺこと頭を下げ、席に着いた。工藤部長は自分に、この人たちは東西放送の業務関係者だと云ったが、自分の見るところではやはり広告関係の人間のようだった。彼ら三人は年配者で、身装《みなり》もよかったが、工藤部長に紹介されて自分にまで丁寧に頭を下げた。
その席もなかなか派手なことだったが、テレビ局の連中は工藤部長を下にも置かぬ態度である。いつも呼ばれてくるホステスも工藤部長とは親しげな口を利いていた。呑んでいる酒も高級なものばかりで、いずれこの勘定はテレビ局の受持と思えた。

そのうち、それぞれがホステスを伴れてホールでダンスなどはじめた。自分もすすめられたが辞退した。下原さんなどはふざけた様子で踊っている。そのとき、テレビ局の一番偉いと思われる男が工藤部長に小さな声で訊いたのが耳に入った。

「今度の新常務はいつごろこられるのですか？」

「さあ、あと一週間ぐらいでしょう」

「さすがに杠《ゆずりは》さんですね。通産省の局長を役員に迎え入れられるとは大したものです。ほかの競争会社ではだいぶんショックのようです」

「もう、それが聞えていますか？」

「それは同商売で情報は早いものです」

「しかし、それほど脅威を受けることはないでしょう。たかが役人ですからね」

と、工藤部長は軽く云っていた。あたりの騒音で自分には聞えないくらいに思ってしゃべっていた。
○　自分は以上の会話を耳にしてびっくりした。通産省の役人が新しく常務になってくる。全然会社では聞かないことだった。そうすると、常務が二人になるわけだ。いよいよ杠社長も通産省とコネをつけて大々的に事業を伸ばすらしい。ただ、工藤部長がその新人事にあまり好感を持っていないように見受けられたのは、それだけ頭がふえたのを歓迎しないのかもしれぬ。だが、テレビ局の連中が云う通り、ほかの競争会社、特に丸和食品工業はわが東方食品の最も強い競争相手なので、相手がこのニュースに衝撃を受けていることはたしかなようだ。それにしても外部の早耳にはおどろいた。
○　自分はだんだんこの場の空気になじめなくなって、しかるべき理由を云って先に帰ることにした。幸い今度は工藤部長が女の子と踊っていたので、下原さんにそう云った。下原さんはもうべつに引止めはしなかった。
○　そのナイトクラブを出てホテルの前を歩いていると、おどろいたことに向うから浅野さんが飄々《ひょうひょう》として歩いてくるのに出遇った。浅野さんがこんな界隈をうろついているとは珍しい。だが、自分は工藤部長の席があまりに刺戟的だったので、かえって浅野さんに出遇って心が和《なご》んだ。
○　浅野さん、お茶を喫《の》みましょう、と云うと、そうですか、と云って、近くの喫茶店に一緒に入った。浅野さんがこんなところを歩いておられるとは思いがけなかったと云うと、浅野さんは例の童顔に人のいい笑《えみ》を浮べ、ホテルで考古学の先生に会って話を聞いた帰りだと云う。この人は、会社がどう変ろうと、また人事がどんなふうになろうと、趣味の考古学以外は一切興味がないようであった。》

講師の名刺

今津章一の日記。

《昨夜は従弟の婚礼に出席、久しぶりに親族の者と遇った。みんなから、おまえも早く結婚しろとすすめられる。だが、自分より年上の吉村哲夫は三十五歳だ。彼は国立大学の講師で、栄養学を専攻している。まだ結婚話には見向きもしない偏屈者だ。親類中では変り者に見られているので、みんなは自分が吉村哲夫の二の舞にならぬようにと忠告する。その吉村は傍で聞いていてニヤニヤしていた。》

これは多少の註釈を要する。

結婚披露宴は都内の或るホテルで行われたが、吉村哲夫というのは今津の従兄の妻の兄に当る。あまり風采をかまわない男だったが、さすがにその日は頭もきれいにしてモーニングも着ていた。今津は、その顔を見てちょっと人違いしたくらいだった。披露宴が始まる前の休憩でもほかの親戚の者と話したが、吉村はあまり口数を利かない性質《たち》である。従兄の妻の兄というと、親戚とはいえかなり縁が遠いので、今津も彼には遠慮していた。年齢もかなり違っている。

その披露の宴で久しぶりに遇った親戚は、今津が東方食品に勤めていることを初めて知ったような人間もいた。吉村もその一人で、その話を聞くと、

「ほう」

と云って、ちょっと眼を瞠《みは》った。しかし、何も云わないで、それからはほかの雑談にとり紛れてしまった。普通だと、東方食品の仕事はどういうことなのか、会社の待遇はどうかとか、居心地はどうなのかなど、お世辞にでもいろいろ訊くところだが、吉村はそんなことはしなかった。他人のことにはあまり興味を持たないほうらしい。もっとも、今津のほうでも次から次に話しかけてくる人がいたり、こちらからも話しかけたりしたので、吉村とはそのままになってしまった。今津は、吉村は優秀な学徒ではあるが、若いに似ず狷狭《けんきょう》で、おまけに悋嗇《りんしょく》な面もあると従兄に聞いていたのを思い出し、帰るまで、あえて彼からは声を掛けなかったのである。

それが土曜日の晩で、翌日は日曜日だった。

今津は、午前中、浅野のところに遊びに行った。浅野は京王沿線の静かな所に住んでいる。都心からは遠いが、自分の上司なので、この前から遊びに来てくれと再

三云われているので、あまり知らぬ顔もしていられなかった。

浅野の家では、蒐《あつ》めた土器や石器などを見せてもらった。例によって童顔をニコニコさせ、いかにも嬉しそうに次から次へと蒐集品を今津の前に出した。石鏃《いしやじり》も標本のように箱に整理して置いてある。土器の欠片《かけら》も大体編年順に整理してあるが、夫人は、主人がこんなガラクタを蒐めているので置場に困るんですよ、とこぼしていた。そこで早く帰ろうと思っていたところ、とうとう昼飯を出されてしまった。

「せっかくここまで足を運んでもらって、何も無くて済みませんね」

と、浅野は夫人手製のすしを眺めながら詫びた。

「いいえ、とんでもありません」

「あなたは相当呑めるんでしょう?」

と、酒をつごうとするので、

「いや、それほど呑めやしません」

と、辞退した。

「しかし、せんだってナイトクラブから、だいぶんいいご機嫌で出てこられましたね」

工藤宣伝部長と一緒に行った晩で、隣のホテルの前で浅野にばったりと出遇ったのだ。

「あれは無理に誘われたんです。工藤宣伝部長と下原さんにつき合えと云われましてね」

「珍しいことだと思いましたよ。あの人たちがあなたを誘うのは」

と、浅野は云ったが、今津はどきんとした。工藤が呼んでくれたのは今津が社史編纂をしているということに関連している。だが、浅野はその編纂室長だ。長をさしおいて工藤の招待を受けたのに気がついて彼も赤面した。いつの間にか自分もほかの人間のように浅野の存在を無視していたのだ。

「どうです、宣伝部の人たちは相当派手ですかね？」

と、浅野はやはり笑いながら訊いた。その顔を見ていると、少しも今津の考えていることにはこだわっていなかった。むしろ、彼のほうでよけいな心配をしていたような感じであった。

「やはりああいう所はたっぷりと予算をもらっているせいか、部長もなかなか派手に交際しているようですね。現に、ぼくが行ったときも民放局の連中が駆けつけて、工藤さんをチヤホヤしていましたよ」

「なるほど。それは何という民放局ですか？」

駘蕩《たいとう》とした浅野の目が、このとき一瞬ではあるが鋭い光を帯びた。今津はそれに気づかなかった。

「東西放送です」

「なるほど。あすこはウチが大きなスポンサーですからな。民放の中では一ばん宣伝費を出しているところじゃないですか……いや、それはＢＣＤ放送だったかな」

仙人のような浅野もやはり東方食品の一員ということがこれで分った。ちゃんとそれくらいのことは心得ていたのである。

今津も問われるままに東西放送の連中からもらった名刺でおぼえた名や、呼ばれたホステスなどの様子を面白半分に話した。料理屋の払いがＢＣＤ放送のツケに回ったことも話した。殊に、下原の茶坊主ぶりは話さないわけにはゆかなかった。浅野も興がってしきりと聞いていた。この人なら、何を話してもほかには洩れないから安心だと思った。

「どうも遅くまで失礼しました」

と、さんざん喋ったあと、今津も時計を見て気がつき、腰をあげた。

まだいいじゃありませんか、と云うのを今津はふり切って、玄関で靴をはいた。これ以上考古学の話を聴かされるのはありがた迷惑の気持だった。

「ここは静かでいいところですね」

と、今津がほめると、玄関まで見送った夫人が、

「この先に梅林があるんですよ。恰度いま咲き揃ったころですから、都心から見物にみえる人も多いんです。ついでに行ってごらんになりませんか」

と教えた。その梅林の名前は今津も前から知っていたので、近所だと聞いて心が動いた。

「それはいいことを聞きました。では、駅に行く前にぶらついてきましょう」

ご案内しましょうか、と浅野が下駄でも突っかけそうにして云うのを断って、今津はひとりで出た。

梅林はそこから千メートルぐらいで、国道から分れて五百メートルくらい車の入れるような道があった。今日は日曜日なので自家用車がかなりならんでいた。そこから先は急坂の歩道が斜面に沿ってぐるぐるついている。上にあがると、梅は七分咲きだった。しかし、めったにこういう所にこない今津も、今日ばかりは清遊という気持がした。仙人のような浅野を訪れたあとだから、よけいにそんな感じがした。広い所には茶店もあり、家族伴れの見物客が甘酒などすすったり、外で弁当を開いたりしていた。アベックも多かった。

ひとり者の今津は、ぐるりと一巡しただけで下に降りた。恰度、車の停っている道まで来たとき、折から白塗りの中型車が到着したところだった。何気なく見ると、運転台のドアを開けて出てきたのが淡いブルーのコートを着た若い女だった。顔を見合せて両方で、あ、と云った。

「なんだ、今津さんじゃないの」

神楽坂芸者の小太郎だった。しかし、それよりもおどろいたのは、すぐあとからひょいと降りてきた男の顔で、昨夜親戚の結婚披露宴で久しぶりに出遇った吉村哲夫だった。吉村もふと顔をあげて今津を見ると、眼を大きく見開いて棒立ちとなった。

「やあ」

と云ったきり、今津もあとの言葉が出なかった。吉村はたちまち顔を赧くした。

小太郎が二人の様子を見て、

「あら、お知り合い?」

と、両方を見くらべた。

「まあ、知らない仲じゃありませんね」

と、今津もどう云っていいか分らず、口を濁した。

「それは知らなかったわ。奇遇ね」

と、小太郎はドアに鍵をかけて寄ってきた。三人は道の真ん中で立話のような恰好になった。こうなると隠してもおけないので、今津は簡単に、

「吉村さんとぼくとは親戚になるんですよ」

と、ニヤニヤして云った。

「まあ、そうだったの」

と、小太郎は吉村を見たが、彼は微笑してうなずくだけだった。

今度は今津のほうで小太郎と吉村の間柄を訊く番だったが、見たところ、どうやら普通の仲ではなさそうだった。もっとも、小太郎は、この前喫茶店へ若い男と一緒に来ていたし、たちまちそれを振って今津のテーブルに話しに来たくらいだから、万事、こういう調子かもしれなかった。

「吉村さんは、わたしの死んだ兄のお友だちなの」

と、小太郎が今津の表情から察して云った。

「わたしがこんな小さいころから……」

と、彼女は自分の手を腰のところまで下ろして、

「わたしを可愛がって下さったのよ。だから、今でもときどき兄さんとしておつき

合い願ってるの。今日もわたしからおねだりして梅見としゃれたんですよ」

と、きれいな歯並みを見せて笑いながら説明した。

かねて親戚の間では変り者の学者のように云われた吉村哲夫も、こうなると、その評価もあんまり信用できないなと、今津は思った。吉村のほうは、ただ小太郎の話に横でうなずくだけであった。

「吉村さんと今津さんがご親戚筋とは知らなかったわ。……ねえ、今津さん」

と、小太郎は何を思ったか、

「明日でも、あなたのご都合のいいときに電話して下さらない？　ちょっとお目にかかりたいことがあるの」

と、急に云い出した。今津は、小太郎が照れ隠しにそんなことを云い出したとは思ったが、素直に承知した。

「夕方からは居ませんからね。四時まででしたら、いつでも居るわ。でも、わたしから会社のほうに電話するのはご迷惑だから、ご都合のいいときにかけて下さい。アパートの電話番号を云います」

小太郎はそう云ったが、今津はあいにくと手帳を持って来ていなかった。吉村がそれを見て名刺入れを出し、

「この裏でもどうぞ」

と、自分の名刺を抜いて出した。

「どうも」

今津は、吉村の名刺の裏に小太郎の云う電話番号を書き取った。書きながら、小太郎の気持がちょっと判じかねた。


翌日、今津は出社して浅野に昨日の礼を述べた。

「いや、何もおかまい出来ませんで」

と、浅野はうすい頭を指で搔いた。年長者だが、誰に対しても丁寧な人だった。

「この次、またゆっくり遊びに来て下さい。今度はもっと珍しいものをお目にかけたいと思いますよ」

と、浅野は蒐集品を見せたくてたまらない風だった。しかし、今津は、それほどの趣味も無いし、いわば義理で訪問しただけなので、あれ以上土器や石器を見せられては退屈だと思った。それよりも、昨日の訪問のとき、つい調子に乗って工藤宣伝部長の派手な遊び方を披露したが、あれを浅野が社のほかの人間に洩らしはしないかと気になった。昨夜も寝ながらちょっと心配したのである。だが、日ごろからあまりほかの連中とはつき合わない浅野のことだし、そんな俗なことに興味を持ってないだろうと思い、わざわざ口止めするのも変だと思い直した。浅野の人格を疑うようで悪いのである。これが他の人間だったら、もちろん警戒して初めから云わないが、かりに、うかつにしゃべっても早速口止めをしなければならないのだ。

次に気になるのは、神楽坂芸者の小太郎に電話をすることだった。昨日の梅林で吉村と二人伴れの邂逅《かいこう》は全く意外であった。小太郎が男性と一緒に遊び回るのはふしぎでないが、相手が吉村哲夫だったから意外だった。しかも小太郎が自家用車を運転していた。吉村の話によると、梅林を見ようと云い出したのは吉村だそうで、小太郎は彼に案内してもらって来たと云っていた。彼女の性格から考えて田舎の梅林見物を思い立つとは考えられなかったが、吉村の発案に唯々として従ってきたと聞き、やはり幼い時からの親しい間柄だけでもなさそうだと思い、軽い嫉妬を感じた。あのとき吉村は顔を赧らめていたが、三十五にもなって結婚の意志の無いという吉村も、従兄のいう通りの超俗的な学者でもないと思った。

小太郎が電話をしてくれというのは、その吉村との間をなんだか釈明したいようでもある。今津が吉村と親戚に当ると聞いた小太郎は、彼の誤解をときたいのかもしれなかった。

今津は、一時になるのを待ちかねて吉村の名刺を出し、その裏に書かれた番号どおりにダイヤルを回した。

「あら、今日は。昨日は失礼」

と、すぐに小太郎の声が出た。まるで待ちかねたような具合だった。

「昨日はとんだ所で遇って、おどろきました」

と、今津は云った。浅野は昼飯に行って帰らないので、こんなことがしゃべれる。また、それを狙って電話したのである。

「今津さんが吉村さんとご親戚だとは、ちっとも知らなかったわ」

と、小太郎はくすくすと笑った。

「ぼくもそうだ。平凡な言葉だが、世の中は広いようで狭いもんだな」

「全くだわ。で、今津さん、ちょっと、そのことでお目にかかりたいんです。二時ごろ、そちらの会社の近くに行きますから、三十分ほど近所の喫茶店まで出ていただけません？」

「三十分くらいなら大丈夫ですよ。しかし、あまりこの辺をうろうろすると、社長や大山常務の眼にふれるか分りませんよ」

「それは大丈夫。わたしはこの前みたいにスラックスで行くから、お座敷のお客さまに途中でお目にかかっても、全然気がつかれないで済むわ。社長さんも、常務さんも、わたしなんかお座敷でも眼もくれてないから、よけいに心配ないんです」

「そう。それじゃ、どこにします?」

小太郎のほうで店の名前を指定した。

今津の電話が終ったところに浅野が戻ってきたので、彼は名刺の電話番号をひっくり返し、名前のほうを表にして机の隅に置いた。それを早くポケットに戻すつもりだったが、ちょっと面倒な気がしたのがいけなかった。うっかりそのままにして二時前に社を出かけたのである。

近所の喫茶店に行くと、小太郎は先に来て待っていた。

「昨日は失礼」

と、彼女は大きな眼を笑わせて、ぺこんとお辞儀をした。もう見馴れているからそのジャンパーとスラックス姿がそれほど奇異には思えなかったが、彼女のお座敷着しか見ていない人にはちょっと分らないだろう。彼女も云う通り、社長も常務も途中で出遇ったとしても当人とは気がつかないのに違いなかった。六本木や原宿あたりを徘徊している若い女と少しも違わない。自家用車も持っているし、ダンスもボーリングも得意だと云う女だった。

「いや、おどろきましたね、昨日は。まさかあなたが吉村さんと知合いとは夢にも思いませんでしたよ」

今津は云った。

「わたしもご親戚とは知らなかったわ」

彼女も今さらのようにおどろいた顔をした。

「今津さんは、わたしたちのことをどうご覧になります？」

今津は、やはり思った通り、小太郎が昨日のことを気にして言訳に来たなと思った。それで自然と口もとがゆるんだ。

「どう思うって、べつに何とも思っていませんよ」

「嘘でしょう。だって、あのときのあなたの眼つきが何だか変な具合だったわ」

「そんなことはありませんよ。男と女がならんで歩けばすぐに何とか云ってたのは昔のことで、今は普通の友だちづき合いで平気でどこにでも二人で出かけるんじゃないですか。そんな色眼鏡などで見てはいませんよ」

軽い嫉妬の心を押しやって今津は云った。

「ほんと？」

と、彼女は今津の顔を見つめてたしかめるようにした。

「本当です。……しかし、それがそんなに心配ですか？」

「あなたのことは心配しないけど」

「おやおや」

「ただ、わたしと吉村さんが友だちでつき合ってることなどは、会社の人には云わないでいただきたいのよ」

「そんなことを誰が云うものですか」

今津は、小太郎がなぜそんな念押しに来たのか、ふしぎな気がした。小太郎のことを知っているのは、神楽坂に遊びに行く社長や常務など重役連だ。ほかの者に名前を云っても分りはしない。

「こんなことを云うのは、わたしがしょってるように思っていらっしゃるかしれないけれど、万一ということがあるのでお願いに来たの。わたしは社長さんや常務さんのごひいきになってるでしょ。そういうことも気にかかるのよ」

「大丈夫ですよ。ぼくは始終社長や常務のお供をしてるわけじゃないから」

今津は、はじめて小太郎の気持が分った。この前、杠《ゆずりは》社長と大山常務のお供でああいう座敷に行ったので、いつも社長や常務とつき合っているように小太郎は取っているのだ。しかし、べつに彼女は社長の想い者でもなければ特別の仲でもない。

彼女も云う通り、単に座敷に出てくる芸者にすぎないのだ。それがほかの男と日曜日に梅林見物に行ったことが分ったとしても、べつにどうということはないはずだった。

　今津は、その点を小太郎に訊いた。

「ええ、そりゃ、そうだけど……」

　小太郎も説明にちょっと困ったような風だった。

「それとも、社長あたりがあなたに特別な好意でも見せはじめたんですか？」

　今津はわざときいた。

「とんでもない、社長さんのお気に入りは梅香姐さんよ。それはこの前も話した通りだわ。わたしなんか問題じゃないわ」

　小太郎はむきになって云った。

「それなら一向にかまわないはずだけど」

「それが、少し事情《わけ》があるの」

　小太郎は、その事情というのをまだ云いかねていた。

　その様子を見て今津は奇妙に思った。小太郎のようにさっぱりした女が、吉村哲夫との間をわざわざ釈明にくるのはおかしい。どんな男性と一緒に歩いていようと一向に気にかけない気性と思われるのだ。それとも、吉村が今津と親戚に当るので、その弁疏に来たのか。だが、これも奇妙なことで、べつに吉村とは兄弟でもなし、親戚といっても従兄の妻の兄だから他人同然である。それとも……いやいや、と今津は首を振った。まさか小太郎が自分に好意を寄せて、そのために昨日の誤解を解きに来たとは考えられない。

何のことかさっぱり要領を得ないままに二人の茶喫《の》み時間は終った。

「お忙しいところを済みませんでした」

と、小太郎は手早く伝票をつまんだ。

「いいよ。それはぼくが払いますよ」

「いいえ、いいの。わざわざ呼び出したりした上にお払いさせるのは気の毒だわ。それに、ご馳走しなければならないもの」

と、小太郎は笑った。昨日吉村と一緒のところを見られたことを意味するなら、ますます小太郎の気持が分らなくなる。

「今津さん、そのうちにあなたともう一度お遇いしたいわ」

彼女は最後に媚のある眼を送った。そのへんは座敷で訓練しているのでやはり風情があった。

「ぼくなんか、ああいう場所にはとても行けないから、せいぜいお茶を喫む程度ですが」

「それでも結構よ。これからいろいろご相談に乗っていただくことがあるかも分らないから」

「それは吉村さんとのこと？」

「今は云えないわ。そのうちに」

と、彼女は謎めいた表情を残してレジに歩いていった。今津の胸中で、また淡い期待感が首をもたげはじめた。

小太郎と別れた今津は社に戻った。浅野は俯向いて、例の如く雑誌を読み耽っていた。この人は、社史編纂の資料など一切今津まかせで、われ関せずの態度だった。冷たいというのではなく、若い者に全部をまかせたいという気持で、この前も手伝うことがあれば何でも自分に云ってくれと申し出たくらいだった。人間もこれくらい脂《あぶら》が取れると見事なものだった。

机の端には吉村哲夫の名刺が載ったままになっていた。小太郎と遇うのを急いだため、つい、ポケットに入れるのを忘れてそのままにしておいたものだ。今津がその名刺を名刺入れにおさめようとしたとき、珍しく浅野が顔をあげて云った。

「今津さん。さっき、その名刺を宣伝部の下原君が来て熱心にのぞいていましたよ」

「下原さんですか？」

おそらく、下原は工藤宣伝部長の用事でまた何か云いに来たらしい。そのついでにこの吉村の名刺が眼に入り、好奇心からちょいと一瞥しただけだろうと思った。熱心にのぞきこんでいた、という云い方は浅野にしては少々過剰な表現だった。

「下原さんは何か云っていましたか？」

と、今津もつい訊いてみた。

「いや、べつに……けど、下原君はその名刺を手に取ってふしぎそうな顔で見ていましたよ」

浅野は云った。

「どうしてでしょうね？」

今津は云ったが、もし、それが本当なら、他人の名刺に好奇心を持つ下原はやはり軽卒な男だと思った。

だが、下原が手に取っていたと聞いて、もしかすると、名刺の裏に書いてある電話番号まで見られたのではないかと思った。小太郎のアパートの電話番号だ。このほうが今津にはもっと懸念だった。

「下原さんは名刺の裏を見ていませんでしたか？」

「裏はちょっと見ただけですよ」

浅野はそれだけ云うと、眼を雑誌に落した。

今津は、そのうち下原がやって来て何か云うだろう、そのとき名刺の件を彼に訊いてみてもいいと思った。そして、それきり忘れてしまった。——

研究論文

その翌日だった。

その下原が十一時半ごろ電話してきた。今津は社史編纂の資料に眼をさらしていたときなので、気のいい室長の浅野はその電話を取ってくれた。

「今津さん。あなたにですよ」

と、受話器を渡してくれた。室長だが浅野は仕事がないので、ちょっとした雑用も弁じてくれる。

「ぼく、下原ですが……」

と、今津の耳に、下原の声は妙に抑えた調子に聞えた。

「十二時すぎにレストランのウエストまでちょっとおいで願えませんか」

はあ、と云ったが、今津は下原が何だか押しつけがましく云うのが気になった。課が違うのに命令されるわけはないし、まるで耳打ちするような電話の調子も気持にひっかかった。

「十二時から昼飯にしようと思うんですがね」

今津はわざと云った。食堂は社の裏手にその設備があった。

「いや、工藤部長がそこであなたと簡単な食事をご一緒したいというんです。ぜひお願いします」

「………」

工藤宣伝部長が昼飯をご馳走するというのはどういうことだろう。今津は、派手に宣伝費を使うこの部長が昼飯もそんなレストランで贅沢なものをとっていることが分ったが、下原は工藤の腰巾着だから当然として、自分にその振舞いをしてくれる理由が分らなかった。もっとも、この前ナイトクラブなどへ一緒に行っているから、向うではその連続くらいに思っているのかもしれない。つまり、工藤は自分の陣営に引込もうというつもりかも分らなかった。

しかし、工藤にとって自分は何の利用価値もないはずだと今津は思っている。単に社史編纂にたずさわる下っ端社員にすぎぬ。もし工藤がいくらかでも味方にしようとする気持のきっかけがあるとすれば、それはこの社史編纂という仕事の上で社長や大山常務と接触していることだけであろう。しかし、それで特に社長や常務に目をかけられるわけではなかった。この前、神楽坂の待合に行ったときでも分ったように、先方からは全然無視されているのである。こんなことは、他の社員なら表面上だけで今津が社長や重役に目をかけられているように錯覚するかもしれないが、役員室の空気を自分のことのように知っている工藤部長がそのへんを間違うはずはなかった。

これだけのことを今津は一瞬に考えたのだが、工藤がご馳走するというならむげにも断れないものを感じた。それに、その使いの電話を寄こす下原の声の調子が何となく重大そうだった。

今津は結局、昼飯代を倹約することにした。十二時になって机の上を片づけると、浅野が考古学雑誌から眼をあげて横から云った。

「今日は食堂においでになるのが少し早いですな」

いつもではないが、今津はよく浅野と一緒に食堂に行く。

「はあ、ちょっと。実は誘われて外で食うことになっています」

今津は少しバツの悪い思いで云った。

「ああ、そうですか。それは結構ですな」

浅野はいつもニコニコしている。さっき今津に取次いだ下原の電話で宣伝部の工藤と外で会食することぐらいは察しているが、それを口に出す人ではなかった。これがほかの人だと探りを入れたり、皮肉の一つも云うところであろう。

〝ウエスト〟はきれいなレストランで、一般サラリーマンが昼飯を食うような場所ではなかった。それで、この時間は客も少なかった。工藤も下原もまだ来ていないので、ボーイが席へ案内しようとするのを今津は断って、狭いロビーのような所に落ちつかなく立っていると、当の工藤と下原が揃ってドアから姿を現わした。

「やあ、お待たせしました」

下原が今津の傍に急いで来て、

「恰度、部長のところに来ていた客が長尻でして、少し時間が遅れました」

と謝った。その工藤は鷹揚な微笑を今津に投げて、

「さあ、一緒にはじめましょうや」

と、くだけたものの云い方をし、ボーイの案内に先へ立った。

工藤と下原は、それでもビールをとった。今津は赧くなるから遠慮した。工藤がメニューから料理を択んで、いやに愛想よく今津に雑談をしかけた。横の下原も幇間然として相槌を打ったり調子を合わせて今津に話したりした。

今津は、これではまるで自分が宣伝部のお客のような感じがしてきた。が、一方

では、こんなことで工藤に籠絡はされないぞと思った。しかし、その要心も、考えてみるとこっちが工藤にとって何の価値もないと分れば無意味でもあった。そうだとすれば、こんなにつづけて工藤にご馳走になる理由はないのである。

だが、その落ちつかなさもビーフステーキにナイフを入れているとき工藤の言葉で終った。

「ときに、今津君。つかぬことを訊くようだが、君、T大の吉村先生を知っているんですか？」

何気ない口ぶりである。しかし、今津は、おや、と思った。

T大の吉村とは、もちろん吉村哲夫のことだし、工藤部長がそう訊くのは、いま横に居る下原が吉村の名刺をのぞき、それを工藤に告げたからだと分った。それは分ったが、工藤がなぜそんなことを訊くのかが分らなかった。

「はあ、知っています」

今津がちらりと眼の端に瞳を寄せると、横の下原がさすがに照れ臭そうにナイフばかりを忙しく動かしていた。告げ口はやはり彼である。

「ほう。実は、下原君が君の机の上に吉村先生の名刺があったと、ふと、とりとめのない話のときに洩らしたのでね」

分りきっていることなので、工藤もその辺はあっさり云った。その名刺の裏には芸者の電話番号がメモしてあるとは、勿論下原も気がつかないことだ。

「いや、今津さん」

と、早速下原が引取って、

「気を悪くしないで下さい。実は、吉村先生というのは目下、あることで当社の関心のマトになっている人ですから……」

と釈明しかけた。すると、工藤部長が珍しく鋭い声で、

「君、何を云うか。つまらんことをしゃべるんじゃない」

と、下原をたしなめた。下原は顔を赧くし、たちまち恐縮した。

「いや、今津君、何でもないことなんだけど」

と、工藤はすぐに言葉の調子を元に戻して今津にきいた。

「君は吉村先生をどうして知っているのかね？」

「はあ、実は、吉村はぼくの遠い親戚なんです」

今津は、吉村哲夫との関係を説明したが、それを云いながら、さっき下原が不用意に洩らした当社の関心というのが吉村に向けてどのようにかかるのか気になった。

「なるほど。君が吉村先生とご親戚だとは知らなかったな」

工藤はステーキをひとしきり口に運んだ。それからコップの水を飲むと、また彼に顔を向けた。

「吉村先生には、君、よくお遇いするのかね。いや、親戚だと、そりゃ顔を合わせる機会がたびたびあるだろうね？」

工藤のその口ぶりは何だか探りを入れているようにも思われる調子だった。

「いいえ、日ごろはめったに遇いません。実は、この前、従弟の結婚式がありまして、その披露の席で、そうですねえ、二年ぶりでしたか、彼と顔を合わせたんです。親戚といっても、いま申し上げたように遠いほうですから、そういう機会でもないと往き来はしてないんです」

今津は答えた。

「なるほどね」

工藤はまたナイフを握ったが、その横顔にはどういうわけか、彼の返事に拍子抜けしたような表情が浮んだ。が、また彼に口を利いた。

「君、吉村先生から何か話を聞きませんでしたか？」

「話っていうのは何でしょう？」

「いや……」

らいらくな口を利く工藤が、このときに限って慎重の様子で、

「いや、何ていうことはないいんだけど」

と口籠《ごも》った。

傍の下原はもちろん工藤の云うことは分っているが、さっき叱られたのに懲りて、要心して口を出さなかった。

「つまり、その、なんだよ」と工藤が云った。

「吉村先生が当社のことで何か君におっしゃってなかったかね？」

「いいえ、一向に」

「ああ、そうだ。先生は君がこの東方食品に勤めていることをご存じなわけだね？」

と工藤は気がついたように云った。

「はあ、名刺を出しましたから」

「名刺？　ほう。じゃ、それまで吉村先生は君が当社に勤めていたことをご存じなかったのかね？」

「今も申しましたように日ごろ往き来してないので、ぼくがどこに勤めているか吉村は知らなかったんです」

工藤部長は吉村にはひどく敬語を使っている。講師といえども相手が大学の先生なので一応の敬意を表し、また後輩社員とはいえ、その親戚なので礼儀を取っているのかもしれないが、それにしても少し丁寧すぎると今津は思った。さらにふしぎなのは、今津が東方食品に勤めていることを吉村が今まで知らなかったという点に工藤部長が奇異な表情をしたことである。どうも今日の昼食に招《よ》んだのも吉村に関係があるらしいが、さっき下原が口をすべらしかけたことといい、今津にはさっぱりわけが分らなかった。

「工藤さん」と今津は訊いた。「吉村は、この東方食品と何か関係をもっているのですか？」

すると、工藤は皿の上にうつ向いた顔に曖昧な微笑を浮べた。横に居る下原もくすぐったそうな表情であった。

「いや、吉村先生は別にウチとは何の関係もありません」

と、工藤は切口上で云ったが、

「今津君。それはおいおい君にも分ってくるよ。ただ、吉村先生が今まで君に何もおっしゃらなかったのはさすがだよ」

「はあ」

　工藤が理由を云わないので今津も返事のしようがなかった。おいおい分ってくるというのは何のことだろう。

「いや、今津君。これはここだけの話だがね。ほかの者には云わないでくれたまえ」

「はい」

「近いうちに誰かが君に、吉村先生と君との関係を訊くかもしれない。それから、吉村先生から君が何か聞いていないかという質問を出すかもしれない。恰度、ぼくがさっき君にたずねたと同じようにね」

「…………」

「しかし、そのときは遠い親戚であること、そして何も聞いていないということを答えたらいい。事実、君はその通りだからね」

「はあ」

「それから、君にたずねた人は君に或る依頼をするかもしれない。その場合は、君はひとまず承知をしておく。しかし、そのまま吉村先生のところに駆けつけるよりは、事前にぼくにそっと相談をしてもらいたいんだ。うかつにその頼みごとを聞くと、あとで君が窮地に陥るかも分らないからね」

「なんだか気持が悪いですね」

理由が分らないので今津もそう云うよりほかはなかった。とにかく推察出来るのは、吉村哲夫が東方食品にとって相当重要な存在だということだ。しかも、現在は直接の関係がないらしいのである。

「今津君。余計なことをぼくから云うようだが」

と、早速横合いから下原が忠義ぶって云い出した。

「部長の云われる通りだ。ぼくもうすうすは事情を部長から聞いていないでもないが、いずれ君には打明けるときがありますよ。とにかく部長の云う通りに聞いておいたほうが安全ですよ」

今津の日記。

《会社ではかねてから噂のあった新常務の着任が遅れるということである。新常務は通産省の古手役人で、このごろ流行《はやり》の天下りの一種らしい。東方食品は看板の『キャメラミン』が当ってからは急速な社業の伸びをみせ、ほかの製品も続々開発して、いずれも好調である。そこで杠《ゆずりは》社長も何かと関係者にコネをつけたくなり、古手役人の譲受けを懇請したというのがもっぱらの評判である。うちも大きくなったものだ。

その通産省の古手役人は取引銀行の村上頭取の仲介である。つまり、東方食品は、その意味で金融筋にも顔をひろげ、同時に官庁関係にも便宜を図ってもらおうというわけである。その大事な新常務の着任がなぜ遅れるのか。一説では官庁のほうで何か故障が起ったということだが、すでに退職間際の役人が今さら省内から邪魔立てされることもなかろう。これが公団の総裁だとか理事だとかいうことだったらわれもわれもと競争者があるのだが、大きくなったとはいえ、たかだか東方食品の役員にくるのに足を引張るものもなかろうと思うけれど、ともかく、そういう説をなす者がある。

そして、着任の遅れは、社長と、その滝野という新常務に予定された役人の間に、報酬や給与の点で折合いがつかないからだと噂されている。関係官庁の円滑を新常務に期待するのだから、杠社長も給与の点は相当奮発したのだろうが、それすら先方で渋っているとなると役人の強欲も相当なものだ。おそらく役人時代の数倍の給料に違いないのに、何をそう威張っているのであろうか。社員はいい気持がしないでいる。

いずれにしても、こんなことは雲の上の話で、われわれ下っ端には関係はない。

×日。

今日緊急役員会があった。議題は多分着任が遅れている新常務のことだと思われる。そんなことを思って仕事をしていると、秘書課の木村嬢が来て、大山常務が呼んでいるというので役員室に向った。

六階に上るエレベーターの中で考えた。すぐに頭に浮んだのは、一昨日レストランの〝ウエスト〟で工藤宣伝部長に云われた言葉だ。吉村と自分との関係をいずれ誰かが訊くかもしれないという、あの言葉が早速現われたかなと思った。しかし、まさか常務が訊くはずはないとも考えて、一旦打消した。大山常務が呼びつけたのは社史編纂のことで、杠社長のことにつき何か注文を出すのだろうと思った。

……》

今津が秘書に導かれて常務室に入ると、大山常務は机の前からふり向き、彼をそこに立たせたままちょっと仕事をつづけた。

それから、椅子から離れてくると、

「まあ、そこにおかけ」

と、来客用のクッションをすすめた。

「どうだね、社史編纂のほうはうまく行ってるかね？」

と、大山常務は口もとに微笑を浮べて訊く。今日はこのあいだと違い、愛想がよかった。

「はい。逐次資料を整理して、近いうちに構想がお目にかけられると思います」

と、今津は報告した。やはり呼びつけられた用事は社史のことだった。

「面倒な仕事だからね。ま、しっかりやってくれたまえ」

常務は云ったが、秘書が番茶を持ってきたあと、

「ときに」と、ふと思い出したように云った。「つかぬことを訊くようだが、君、T大の吉村先生を知っているそうだね？」

やはりそうだった。今津は大山常務がどこからそれを聞いたのかと思ったが、二日前の工藤宣伝部長からの話もあり、やはり工藤から大山の耳に入れたのではないかと考えた。工藤がそのことを知ったのは、小太郎のアパートの電話番号を書いた吉村の名刺を下原が見てからだから、その経路で工藤から大山に話されたに違いない。してみると、工藤は近いうちに誰かに吉村との関係を訊かれるかもしれないよと云ったが、何のことはない、工藤自身がその手立てを大山にしていたわけだ。今津は、工藤はなかなか油断のならない人物だと思った。

今津は、こういうことを胸に浮べながら、

「はい、吉村はわたしの遠い親戚に当ります」

と答え、その遠い親戚の続柄を彼は説明した。

「なるほど、そうかね。それはちっとも知らなかった。で、吉村先生と君はたびたび遇うのかね？」

親戚の者が先生呼ばわりされると、なんだか遠い別な人間のような気がしたが、今津は工藤に話した通りに、日ごろは往き来が絶えていること、この前は従弟の結婚式で二年ぶりに遇ったことを話した。

「そうだね。親戚といってもそういう関係なら、そうかもしれないね。われわれでも三年も四年も遇わない親戚があるからな」

と、大山常務はうなずき、それでは吉村から東方食品の製品のことで何も聞いていないねと、工藤と同じような質問をした。もっとも、工藤の場合は、東方食品という会社名を云っただけで製品のことにはふれなかった。そこで今津は、おや、と思ったのである。

おや、と思ったのは吉村の専門が栄養学のほうだからだ。つまり、東方食品の製品のどれかは、その品質の分析において吉村の専攻する栄養学と関連がある。

「吉村が何かわが社に関係があるのでしょうか？」

と、今津は大山常務に恐る恐る訊いた。ふしぎなもので、常務がその部屋にひとりで居ると重役としての威厳を感じる。杠社長と一緒の宴席ではもっぱら幇間的な存在で、今津もひそかに大山常務を軽く見ていたのだ。やはり上役と下役の秩序は争えないものである。

大山常務は煙草を吹かしてしばらく思案顔だった。

「君が吉村さんと親戚なら、ひとつ頼みたいことがあるんだがね……」

大山常務は、少し大げさに云うと深刻な顔つきで云った。

「はあ。どういうことでしょうか？」

今津は、ここで初めてこの前の工藤が打明けなかった事情が明かされると思うと、少しばかり動悸が高くなってきた。

「君は知ってるかどうか分らないが」

と、大山常務は前置きして、

「吉村先生の専攻は、君も知ってのように栄養学だ。その吉村先生が、最近、わが社のキャメラミンについていろいろお書きになっていらっしゃる。まあ、それは学問の上からのことで、当社としてはとやかく云うつもりはないがね。それはそれでいいんだ。しかし、その書かれた論文が、最近、一、二回印刷物になって巷間《こうかん》に流布されはじめている」

「え、それは初耳です」

と、今津もおどろいた。すると忽ち、この前結婚式の披露の席で顔を合わしたとき、こちらが東方食品に勤めていると聞いた吉村が途端に複雑な表情をしたのを思い出した。今の常務の説明で初めてその謎が今津に解けたのである。

「それは、キャメラミンというのを特に指定して吉村が批判的に書いているんでしょうか？」

今津は少々気後《きおく》れしながら訊いた。

「もちろん、キャメラミンということは読めばすぐに分る。さすがに商品名は書かれていないがね。わが社の名前もT社というふうにイニシャルで書いてある。しかし、読んでみれば、その製品の特徴や、宣伝されている効果といったものが悉くキャメラミンだから一目瞭然だ」

「…………」

「一口に云って、それはキャメラミンに対する批判だね。つまり、栄養学の上で分析してみたら、キャメラミンの宣伝する文句は全然学問的には成立しない。……そう云うのだよ」

「はあ」

と云ったが、今津はさすがに口が利けず、親戚の者という手前から思わずうつ向いた。

「その分析のことを、さっきも云ったように、こちらからいろいろ云うわけではない。しかし、その結論を印刷にして巷間に流布されると困るんだ。何しろこちらは営業だからね。これは防がなければならない。ね、君、そうだろう。同業者の中にはわが社の隆昌を嫉《ねた》んでいるものがある。そういう社にその資料が逆用されてデマになっても困るからね」

「はあ」

今津には、吉村のそうした研究に心当りがなかったが、それを印刷にしたとなると、これはやはり聞き捨てならなかった。

「常務。その印刷は吉村が自分でやって、そして一般に流したのでしょうか？」

「いや、その点ははっきりしない。まさか吉村先生ともあろう方がそんなことをなさるはずはないがね」

大山常務は力強く否定をみせた上、

「問題は、その印刷したものが流れて行く経路だね。いろいろ情報を集めてみると、その印刷物の発送先は新聞社、雑誌社、学者、文化人といった、いわゆるマスコミ関係のものが多い。これは明らかに或る意図をもってなされているとみなければならない」

「すると、やはり競争会社のほうで……」

「それは目下調査中だ。いずれは分ってくるだろうがね。しかし、そうした逆宣伝の因《もと》になるのは、やはり吉村先生の研究というか発表論文だ。研究をなさることは、もちろん学者の本分だし、どういう結論をなさろうと、それが学内のことである限りこちらからいろいろ云うわけにはいかない。けれども、なるべくはそういうものをご発表になることを遠慮していただきたいんだがな」

大山常務の眼差《まなざし》が今津に向って懇願的になった。

「もちろん、これは鄭重に当社から先生のもとにお願いに行かなければならない。しかし、今までその手づるがなかったんだよ。まさか直接大学の研究室や先生のお宅に伺って、いきなり東方食品から参りましたがと云って切出すわけにはいかない。それじゃ、君、話に角が立って先生のご気分を害することは分りきってるからね。こちらとしても適当な人があればと思って、実は苦慮していた矢先なんだ。そこに君が吉村先生と親戚だというから……」

大山常務はじっと今津の顔を見た。

今津の日記。

《昨夜吉村の家に行った。彼の家は練馬の大泉のほうにある。研究室に一応電話すると、夜の七時ごろに来てくれという。こちらが遇いたいと云ったので、吉村もうすうす用事の内容に察しをつけているような口ぶりだった。

とにかく親戚同士だから、向うに行けば家族とも余計な挨拶やおしゃべりをしなければならなかった。吉村はこちらが行ったことに対し別に屈託のないような様子だった。実際、何年間も彼の家に行ったことがないのに突然の訪問だから、家族のほうもいくらか奇異な面持だった。

さて、話は吉村がそれと察して、自分を彼の書斎に入れてからである。自分は大山常務から頼まれたことを云った。それはやはり常務の云いつけで吉村の研究のことには一切ふれず、常務が吉村に会いたいので、その都合を訊き合わせる点だけに絞った。できるなら夕食をご一緒にしたいという希望を伝えたのである。

吉村は、こちらの話が終るまでおとなしくうなずいていた。しかし、全部聞き終ると、彼は決然とした面持の顔をあげて自分に云った。

――せっかくですが、それはお断りします。……》

吉村哲夫がこう云ったとき、今津は妙にドキリとなった。吉村の顔がやや蒼ざめて見えたし、その云い方が何か決意を罩《こ》めたように真剣にひびいたからであった。大山常務の招待を断るのに、吉村がこれほどむきになるのが今津には意外だった。彼はしばらく吉村の顔を見つめていた。

「いや、今津さんには悪いけれどね」

と、吉村は自分の強い云い方に気づいてか、謝るように云った。

「なにもぼくに遠慮なさることはありませんよ。ぼくはただ大山さんから使いを頼まれて来ただけですからね」

今津としてもそう云わないわけにはいかなかった。だが、なぜ、招待を断るのか、その理由が吉村の口から出るのを待った。

「ぼくは、そういう会社の偉い人にご馳走になるのがどうも苦手でしてね」

親戚といっても、血縁ではないせいか、吉村も今津には他人行儀の言葉を使った。

「そりゃよく分りますが、会社といっても、われわれの会社は有名な大会社ではなし、最近社業が隆盛になってきたといっても、まあ、中小企業に毛の生えた程度ですからね。そこの役員ですから大したことはないと思うんですが」

今津がそう云ったのは、吉村に出席をすすめるというよりは自社を謙遜したのだが、吉村はそう取ってないことが次の彼の言葉で分った。

「決してそういう意味ではないんです。会社が大きいとか小さいとかいうようなことではなく……」

と、彼はちょっと黙っていたが、何か心に決意したような表情を見せた。

「今津さん。あなたはぼくが今どういうことを研究しているかご存じでしょうか？」

「いや、知りません。申しわけないんですが」

吉村が栄養学を専攻していることは分っているが、彼がどんなテーマと取組んでいるか聞いたこともないし、興味もなかった。

「そうだろうと思いました」

と、吉村は微かにうなずいた。

「はあ……」

「いや、誤解なさっては困ります。ぼくの研究をあなたがご存じなかったというのはですね、もし、それをご承知だったらぼくのところにお見えになる事情が少し違ってくるように思ったんです」

「それはどういう意味ですか？」

「あなたのお話を伺っているうち、そう思ったのです。気を悪くしないで下さい。……では、親戚のあなたですから、ぼくも黙っているわけにはいきませんからお話をします。実は、ぼくはあなたの会社で造られているキャメラミンについて栄養素を分析しているのです」

「ほう。それは初耳です」

今津は話の行きがかり上、そう云わざるをえなかった。

「お断りしておきますが、ぼくがあなたのほうの会社の製品を分析しようとしたのは全くぼく個人の自発的な意志で、他の何ものにも影響されてないことをお含みおき下さい」

「分りました」

「ぼくは栄養学をやっていますね。そして日本に産する食用植物についてはほとんど分析が行われているのを知っています。ぼくも先輩の業績をひと通りは追いましたが、それでも二、三点、自分なりの新しい研究をしたことはあります。しかし、そのうち、熱帯性の植物に含まれている栄養、つまり南方の民族が食用として常用している野菜や野草に興味を覚えたのです。その次は、あまり人間の食わない植物についてもぼつぼつ分析にとりかかろうと思っていたのです。そんなことを思っているうちにキャメル・ソーンを原料にしたという栄養食品があなたの会社から発売されているのに注目しました。ぼくは興味を持ちましたね。あの宣伝文句にある通り、キャメル・ソーンは砂漠地帯の乾き切った砂の下のわずかな水脈から水分を吸上げて生きている矮小《わいしよう》な植物です。駱駝《らくだ》だけが食べる植物だという点に大きな興味を持ったんです。前々からぼくもキャメル・ソーンには目をつけていたんですからね」

「ははあ」

「まあ、商品の宣伝文句ですから、それは割引いて考えなければいけない。いけないのですが、その着眼が面白い。あるいは宣伝文句だけでなく、実際に効果があるのではないか。それなら素晴しい栄養食品が生れたものだと思ったんです。ぼくは、そんな気持からキャメラミンの栄養分析にとりかかったんです」

今津は黙った。返事が出来なかったのは吉村の暗い表情からその云おうとすることに察しがついたからだ。

「キャメラミンの成分は、その宣伝資料によると、トリプトファンとメチオニン、これは蛋白質のことですね。それにビタミンB_6、そして糖とX因子で出来ているとあります。糖だとか、蛋白質、ビタミンといったものは普通の栄養剤には大なり小なり入っているので問題ではないのですが、X因子というのがキャメラミンの販売ポイントになっているようですな……」

吉村は渋い表情でぽつり、ぽつりと話した。

全くその通りで、X因子というのがキャメラミンのPRの重点となっている。X因子というのは正体の知れない因子《ファクター》で、これはどの栄養剤にも存在している。要するに抽出の困難な要素だが、商品のキャメラミンは、このX因子を原料のキャメル・ソーンの特質に帰している。簡単に云えば、駱駝が砂漠の挑戦に強靭なのも、その食用としているキャメル・ソーンのX因子を摂取しているからだというのである。

「ぼくも興味を覚えてキャメラミンのX因子なるものを分析しようとしたんです。ところが、これは商品ですから直接的な抽出には不適当だと思い、手を回してアラビアからキャメル・ソーンを取寄せました。ところが、キャメル・ソーンにはそんな抽出不可能といった栄養素はないんです。全くこれはない。駱駝が砂漠に強いのはキャメル・ソーンを食べるからではなく、全然ほかの理由からです。またキャメラミンの分析をやってみたところ、こちらにもそんなものはない。出てくるのは糖分と極く少量のビタミン栄養素だけでした。少なくともぼくの分析ではそういう結果が出たんです……」

今津はつづけて黙って聞いていた。

「もっとも、キャメラミンなる食品にキャメル・ソーンが原料として使用されていると思って分析するのが間違ってるかもしれませんね。あれは商品ですから宣伝文句の通りに信ずるのはナンセンスと思います。しかし、それを信ずる広い購買層を獲得したのだから、まるきりそれがないということは変な話とも思われます。まあ、そんなわけで分析してみたのですが、ここに別な意味のX因子がぼくの実験で抽出出来たんです」

「それは何ですか？」

「残念な話ですが、キャメラミンに含まれた別な意味のX因子というのは人体に有害な要素なんです」

「え、何ですって？」

　今津はびっくりした。

「詳しいことはぼくの研究論文で読んでいただくほかはありません。ただ、あなたに申しあげたいのは、キャメラミンには人体の組織をそこなう毒素が含まれているということなんです」

「…………」

「毒素といっても極く微量なものですがね。だが、それが体内に堆積すると危険率が大きくなってくる」

「本当ですか？」

「事実です」

　と、吉村はうなずいた。

「これはぼくの想像ですが、キャメラミンがキャメル・ソーンから抽出した要素を材料にしたことにするために、そこに似たような何らかの特徴を入れなければいけない。そこで、キャメル・ソーンを分析したときに、創始者はそこにある特殊な要素をキャメラミンに付与したいと思われたと思います。そのために特に化学的な処理がなされた。分りやすく云えば、レモンジュースなどのまやかし品に酢酸《さくさん》などを入れて似たような味の効果を出すのと同じ理屈です。ところが、そのキャメル・ソーンに含まれている要素に似せたものが人体に或る程度の有害となっているのです」

「お話中ですが、キャメラミンは、うちの社長と専務が原料のキャメル・ソーンをアラビアから持ち帰って、薬学の権威でいらっしゃる仁田博士に研究をお願いしたのです。仁田博士は苦心の末に、その成分から栄養分を抽出したキャメラミンをつくるのに成功されたと聞いていますが」

「そこなんです。何といっても仁田博士は薬学方面の大家ですから、ぼくらのような若輩が仁田博士の批判をすることは出来ません」と云って吉村はしばらくうつ向いた。

今津は話を聞いているうちに、これはかなり重大なことだと思った。もし吉村の云うように「有害性」のことが世間に洩れたら、キャメラミンの売れゆきに大きな影響を来たすことだろう。

しかし、よく聞けば有害性といっても、それは腎臓障害を起す可能性があるというだけだった。連用すればそうなるというのだ。だが、その程度のことなら、他の食品にはザラにある。ただ、「栄養」食品と銘打っているだけに困りものである。

「ぼくは素人でよく分りませんが、それはすでに何か学術雑誌にでも発表なさったんですか？」

「学術雑誌などには発表しません。それは特定の商品を対象にすることになりますからね。しかし、いま云ったことを研究室で調査データとしてまとめているにはいます」

「それでは訊きますが、あなたの調査研究が最近印刷物になって巷間に出回っているということですが」

今津は大山常務から聞いた話を持ち出した。いつまでも何も知らない使者を装っているわけにはいかなくなってきたからである。

「それは知っています」吉村はその質問を予期したように深刻な表情になった。

「そのことでは全く困ったことだと思っています」

「それはあなたが外部に資料として出されたのですか？　ぼくはまだそれを見ていませんけど」

「そうじゃないんです。どうもぼくはふしぎで仕方がない。どこからそれが洩れたのか……あなたが読んでおられないなら云いますが、その印刷物にはまだキャメラミンが人体に微量の影響を与えて腎臓障害を起しそうなものを含んでいるとは書いてないのです」

「ははあ」

「ただ、キャメラミンには宣伝文句にあるような栄養は少しも含有されていない、誇大な宣伝というよりも虚偽の宣伝であるというふうに書かれてあったと思います」

それだけでも大山常務が気にするはずだと今津は思った。

「その印刷物にはあなたの研究だということがはっきり書いてあるのですか？」

「書いてあります」

「そして、その印刷物にはあなたの調査された学問的な経過が書かれてありますか？」

「むろん、全部ではありませんが、要点だけはぼくの調査した通りなのです」

「しかし、おかしいですね。あなたはその資料を研究室から外に持ち出したのではないとおっしゃった。それが外部に洩れたのはどういうことなんでしょう？」

「いや、今津さん」吉村は頭を垂れて、「ぼくにも不注意があったんです」

「不注意？」

「あなたの疑問の通り、その資料は研究室のロッカーの中に仕舞ってあるから外部には流れるはずはないのですが、それが流れたとすれば、恥を云うようですけれど、研究室の内部の人間の行為としか考えられません」

吉村はつづけた。

「人を疑うのはよくありませんが、助手の中にそれらしい人物がいたのです。ぼくもその印刷物のことを大学の同僚から聞かされてびっくりしましてね。それから気をつけて見ていたのですが、どうもその助手の一人が変なんです。しかしその助手はいいやつなんです。正義感があって真正直な男で、ぼくも目をかけていました。学問的な素質も決して悪くはない。ほとんど苦学でやってきた男ですがね。それだけに一種の社会正義といいますか、そういう気持から、その調査資料を外部のほうに洩らしたのではないかと思うのです。もちろん、その資料をまるごと盗み出したということではなく、その程度のことなら彼の頭の中にあったと思いますからね」

「なるほど」

今津もそう聞けば事情が分らないことはなかった。正義感に燃えている若い学徒が、世間を欺いて金儲けをしている商品に黙っていられない。しかも、それには人体に有害な毒素も含まれているという以上、研究室のロッカーの中にしまっておく問題でないと考えるのは当然だし、そうした彼が忿懣《ふんまん》のあまりに他人に語ったとしても不自然ではあるまい。ただ、それがどのような経路で印刷物になったかである。

「その印刷物はその助手、いや、その人とは限らないが、その線から出版されているのですか？」

「印刷物には大学の名前は明示してありません。しかし、それを匂わすような紛らわしい名前はつけられてあります。たしか、栄養研究室グループという名義でした」

「その印刷物の配布方法は？」

「なんでも各方面に郵送しているということですが、詳しいことは分りません。ただ、それがぼくの真意でないことは分っていただけたでしょう。それに、今の段階では、その印刷物にはキャメラミンが人体に有害だということは書いてないのです。ただ宣伝文句のような栄養効果は全然ないということだけなんです。……しかし、それだけでも売行に影響があるとすればマイナスだと思いますが」

「それはそうです」

と、今津は云ったが、有害性のことが印刷物に出てないのは、あるいはわざと手控えたのかもしれないと思った。特定の商品を積極的に攻撃すれば学問的なものが歪んでとられるからである。

「では、一応社に帰ってそう伝えておきます」

今津はそれよりほかに云うことはなかった。

「しかし、今津さん。ぼくの研究とか調査とかいうのは微々たるもので、それほど大きな影響をキャメラミンに与えるとは思えません。ぼくなんかよりも大家の推薦が一般の人にはずっと有効でしょうから」

と、吉村は云ったが、その大家とはむろん仁田博士を指している。へりくだった発言のようでいて、その実、学者らしくない計算したような云い廻しだなと今津は思った。

「そんなことはありませんが、いずれにしても、あなたがそういう調査をやられていたというのはぼくには意外でした。奇妙なめぐり合わせになったものですね」

「全く」

と、吉村も親戚同士ということで苦笑していた。

ただ、問題は、その調査の批判的な結果が東方食品の競争会社に利用されて、悪宣伝されることである。

それでなくとも東方食品の急速な業界進出は他の老舗《しにせ》の同類会社の嫉妬と反感を

招いている。殊に、社長の杠《ゆずりは》忠造の強い個性が競争会社の反撥をどれだけ買っているか分らないのだ。杠はあまりに自分のことを他人に語りすぎる。彼はマスコミに乗りたがっている。二流雑誌にはトップ屋を使って麗々しく自分の履歴を書かせる。あるいは対談などに出て自己宣伝をやる。アクの強い自慢話だから目立つのである。

東方食品にはほかにこれという表看板の商品がない。いわばキャメラミンだけだ。事実、会社の業績が伸びたのもキャメラミンのためだし、東方食品といえばキャメラミン、キャメラミンといえば東方食品という連想を一般の者に与えてきている。

それだけに危険といえば危険だ。キャメラミンという単一の商品だけに売上げの大部分を頼っていることの脆弱《ぜいじやく》さ。他の競争会社はほかにいくつかの看板商品をもっている。これが駄目ならこちらで行こうという複合的な商品生産であり、多角経営である。しかし、東方食品はキャメラミンにだけ依りかかっているといっても過言ではない。この商品が駄目になったら、社もそれっきりになってしまうおそれがある。考えてみると事は重大だ。

吉村は学者としては自分などは若輩だと謙遜しているが、もし悪意のある競争会社の手にかかるなら、T大講師の調査ということで大きな反響を世間に与える。現代人は神経質である。これが怖ろしい。現に、まだ講師にもなれないT大の助手が、公害反対運動の旗手然として、マスコミの脚光を浴びる時代なのだ。

今津の日記。

《吉村と会って翌日、大山常務に一切を報告した。常務は気むずかしい顔で聞いていた。自分は吉村を招待に誘い出せなかったことで使者としていささかの責任を感じないわけにはゆかなかった。しかし、常務には吉村の意のあるところを十分に説明して、決して東方食品に迷惑をかけるようなつもりはないということを述べておいた。

だか、常務もキャメラミンに腎臓障害を起す要素が混入していることは初めて知ったらしい。常務は技術畑でないから、今までそれを知らなかったとしても無理はない。彼は大いにおどろいたようである。工場長は知っているかどうか。

そして、現在巷間に流れている印刷物の発行所を内密に調べているが、まだ、その本体がつかめないと云っていた。

「印刷物の出所がつかめないのはそれが単純でないことが分る。どうやら、これはA製菓あたりの策謀かもしれない。君、吉村先生はA製菓と何か関係があるのではないかね？」

と、心配そうに自分に訊く。そんなことは絶対ないはずだと否定したが、競争会社の謀略かもしれないという常務の気遣いは当然だと思う。

次に、自分は見てないが、その印刷物はキャメラミンの腎臓障害の問題にはふれてないというが、しかし、もしそれが競争会社の手に逆宣伝として利用されるときには、必ずその点が強調されるに違いない。無害無益ならまだしも、少しでも人体に有害となれば購買力に大きくひびくことは明らかである。その印刷物は、いわゆる正義派の若い科学者が良心的に発表しているのか、それとも競争会社が裏から操っているのか、今のところ判断がつかない。もし後者とすれば、徐々に『有害性』の逆宣伝が出てくるのではなかろうか。

どうやら大山常務は自分の報告を聞いて社長室にあわてて出かけたようである。机に戻ると、浅野さんが例によって考古学雑誌を開いていた。

「やあ」

と、上役のほうから声をかける。

「失礼しました」

と、自分は机に対ったが、すぐに社史の資料に眼を通す気にはなれなかった。なんといっても吉村と会った衝撃が残っている。それから大山常務の複雑な顔がちらつく。

浅野さんはそんなことに頓着なく、自分が閑《ひま》だとみたか、最近の発掘について話しはじめた。自分は、ふむ、ふむ、ええ、と上《うわ》の空で返事をしておく。浅野さんはほかに相手になってくれる者がいないから自分を唯一の頼りにしている。今日はそれどころではありません、と断るには忍びないのだ。こんないい人がこの社にいるとは、それだけでも救われる。現在の社会でも数少い人であろう。

そこに電話がかかってきたので浅野さんが受話器をとりあげた。

「あなたですよ。宣伝部の下原君からのようです」

受話器を受取ると、やはり下原の声で、

「どうです、帰りに一杯やりませんか。工藤部長もいっしょですよ」

と彼は工藤部長というのに力を入れた。

自分は今日は気が弾《はず》まないから、ほかに用事があると云って断ると、

「何とか都合がつきませんか？」

と、下原は急に哀願的になった。工藤部長のご馳走と云えば一も二もなく飛びつくと思っているらしい。それが分ったのでよけいに嫌気がさし、どうしても都合が

つかないと云って電話を切った。

「宣伝部はなかなか派手なようですな」

と、浅野さんがにこにこして云った。考古学の話を打ち切ったのは、今日の自分にあまり反応がないと分ったたらしい。

「あすこは予算がふんだんにありますからね」

と、自分は答えた。この前ナイトクラブで工藤部長にご馳走になった帰り、この浅野さんと近くの路上で遇っている。浅野さんは考古学の同好者の集りの帰りとかで珍しくあの界隈をふらふらと歩いていたのだ。

「工藤さんの行くところだと、それぞれ相当な店でしょうな？」

浅野さんもときにはこんな俗事に興味を持つのかな、とちょっと訝しんだが、素直に答えることにした。

そこで自分は、宣伝部はマスコミ関係を相手にした仕事だから広告代理店やテレビ会社あたりとのつき合いが相当あるらしく、この前もテレビ会社のほうで高級クラブの席を持ったらしいということを話した。浅野さんは、微笑して聞くだけで、縄文土器の破片《かけら》が出てきたほどの興味も示さない。

夕方玄関を出ると、うしろから下原がせかせかと歩いてきて傍にならび、小さな声で、あまり時間は取らせないから、そこの喫茶店で茶を喫みたいと云った。喫茶店ぐらいなら大したことはなかろうと思って寄ると、下原は、実はあとから工藤部長がくることになっていると云った。自分が意外な顔をしたので下原は少しあわてて、二人で飯を食いに行くのでここで待合わせているのだと弁解した。どうやら、その飯をいっしょに誘いそうなので、今日は家で用事があるからと下原には予防線を張っておいた。

それでも茶を喫んでいるうちに下原は、今日はテレビ会社の連中が麻雀をやりたいと云ってきたので工藤部長と二人で行くつもりだ、場所は神楽坂の〝多喜川〟だという。自分はこの前社長と常務のお供で行ったことを思い出し、同時に小太郎の顔をチラリと浮べた。下原はそんな所に行くのが嬉しいらしく、何となくそわそわし、自分も誘いたそうであった。

そこに何気ない顔をして工藤部長が入ってきた。下原は早速椅子を起ち、迎えた。

「今津君、どうだね?」

と、工藤部長はひどく機嫌のいい顔で坐った。

どうだねというのは、これからいっしょに飯を食おうという意味に取れたので、自分は再び用事の口実を述べた。

「ところで、君は昨日、吉村さんのところに行ったそうだな？」

と、工藤部長は訊く。自分はどうしてそんなことを工藤部長が知っているかと思って、ちょっと意外だった。大山常務は、このことは絶対に社内の誰にも内密にしてくれと口止めしたのだ。もっとも、部長は大山常務にもぴったりだから常務自身が洩らしたのかもしれない。そうだと云うと、工藤部長も大体は大山常務から聞いたらしく、

「君が吉村さんと親戚というのは意外だった。吉村さんを君の線から紹介してもらって、何とかぼくがお会い出来ないものかね？」

と相談するように云う。

察するところ大山常務は、自分では役に立たなかったので工藤部長を吉村のもとに行かせ、例の件で話合いたいらしいのである。自分は会社側が例の印刷物に思ったより深刻な悩みを持っていることが分った。それで、紹介ぐらいはしますが、吉村という男はこういう性格ですと、あらましを話した。

「吉村に会うのはいいんですが、それよりも印刷物の出所を突き止めて手を打ったほうがいいんじゃないですか。もしまだ競争会社の手が回っていなかったらのことですが」

と、自分は意見を云った。

「そっちのほうは目下着々とやっている。なかなか出所はつかめないがね。それよりも吉村さんの積極的な協力をお願い出来たらと思うんだよ」

と、工藤部長は云った。積極的な頼みというのは、どうやら吉村にキャメラミンには栄養が十分に含まれている、一部に流されている印刷物は全くの間違いである、というような趣旨の反駁を書いてもらいたいふうであった。

その証拠に彼はすぐにこういった。

「実はね、これはぼくのプランだが、キャメラミンについて妙な噂が一部に流れているので、近いうちに大宣伝戦を開始したいんだよ。これは君だけに内緒で打ちあけるが、宣伝費は総額にして約八億円を投入する。中央紙には全ページ広告をつづけさまに掲載する。テレビは数ヵ月にわたってゴールデン・アワーを買い切る。各有名雑誌も一ページのカラー広告さ。……そのために、吉村さんの協力がほしい」》

この協力とは吉村がキャメラミンの分析を専門雑誌に発表するのを中止してくれという意味であろう。今津はそう思った。

もともと吉村の論文がキャメラミンの悪い噂の根になって競争会社に利用されそうなので、それを根絶するために大宣伝をするというのだから、吉村の批判を圧殺する意図なのだ。だが、それでもなお不安なので吉村の発表を中止させようというのである。それだと安全この上ないのだろう。

だが、吉村が果して工藤の注文通り「協力」するかどうかである。まず不可能だろうと今津は思った。もし彼がそのくらい妥協的なら、自分と話をしていたときにその兆候が見られたはずであった。

もちろん、工藤の肚《はら》は、吉村がキャメラミンの批判的な研究を中止するなら、それに見合うお礼はしたいというのだろう。何でも金で解決出来ると思っている工藤の性格が今津には気に入らなかった。もっとも、それを愛社心というなら別だが、工藤の買収に応じる吉村ではなさそうである。いくら親戚間で悋嗇という噂があるにせよ、彼は学者の端くれなのだと今津は思った。

「吉村とわたしとは親戚の関係ということになっていますが、それは互いの縁故者が結婚したということから出来上っただけで、いわば他人と同じです。その点、親戚ということで吉村を説得することはぼくにはむずかしいようです」

と、今津は断った。

「……それは昨日吉村の家に行って彼と懇談したときにはっきり分りました。そういう使いで彼のもとに行くのはぼくは不適任だとつくづく思ったことです。ですから、今度もとうてい彼を説得する見込みはぼくにはありません」

少し正面切った感じがしないでもなかったが、そう云って断った。

横に居る下原が今津の顔と工藤の顔を見くらべて、

「ねえ、今津君。部長もせっかく社のためにそう云っていることだし、君、何とか吉村先生のところにもう一度行ってよくお願いしてくれないかな」

と云い添えた。

「君は黙っていろ」

と、工藤は下原を叱った。それから少し考えているふうだったが、

「今津君。君の話は分った。吉村先生もだいぶん気むずかしい方のようだから、君にあまり迷惑をかけてもいけない。また、こういう社の用事を、姻戚関係ということで君に私的なお願いをさせたのがいけなかった。これはやはりちゃんと正式にぼくが出向いて先生にお目にかかろう」

工藤がそう云ったので、今津はさすが宣伝部長だけにちゃんとしたことを云うと思った。工藤が行って吉村を説き伏せることが出来るかどうかは別問題としても、筋は通っているのだ。

「それにつけて、今津君。君から吉村先生への紹介状を書いてもらいたいんだがな。それを持ってぼくが伺うよ」

「はあ」

今津は、その程度なら仕方がないと思った。それまで断ることはできなかった。

「いま君に私的関係で云々と云ったすぐあとで君の紹介状を頼むのは少し理屈が合わないようだが、やはりぼくがいきなり会社の名刺を持ってお伺いするとカドが立つからね。誰が見ても先生の研究発表に会社側が文句をつけに来たように取れる。それで、君の紹介状があれば、その辺を柔らげることができるのだ。そういう意味

で一筆書いてほしいんだよ」

　工藤の云いぶんには条理がみえていた。今津も、東方食品に籍を置いている以上社のためを考えないわけではなかった。

「分りました。では、今夜手紙を書きますから、明日出社してお渡しします」

　今津は快く答えた。

「いや、そんなちゃんとしたものでなく、君の名刺の裏にでも書いてくれたらいいんだよ。そのほうが気軽な雰囲気になると思うね。悪いが、いまそこで書いてくれないか」

「承知しました」

　今津は名刺を出して、その裏に万年筆を走らせた。

「いや、どうもありがとう」

　と、工藤は名刺をポケットに入れてにこにこした。

　下原がまたもおだてるように、

「これで部長がデマの根をすっかり切ることになって何よりです」

　と、今津の背中を軽く叩いた。今津は苦《にが》い気持になった。

「まだ、君、それは分らんよ。それに、そんな云い方をすると、吉村先生がいかにもデマの製造元のように聞えて悪いよ」

　と、工藤がたしなめた。下原はあわてて、そういうつもりではありませんが、と首をすくめた。工藤は下原を腰巾着にして可愛がりながらも、人前ではよく叱る。また、そのへんも下原は狎《な》れていて何とも思っていなかった。叱ることも工藤には下原への愛情なのだ。

　それから工藤が飲みに行こうとすすめたが、今津は用事を云い立てて途中で帰った。

　工藤はどうやら吉村のところに直接行って金で彼を軟化させるつもりらしい。果して吉村にそれが効くかどうか。逆に吉村は怒るのではなかろうか。今津も社の人間だと思うと工藤にはやはり恥を掻かせたくなかった。それで、途中で赤電話から吉村の家に電話した。

「……こういうわけで、うちの工藤という宣伝部長があなたに会いに行くことになっています。たいへんご迷惑ですが、ぼくも宮仕えの身ですから、一応あなた宛の紹介名刺を書いて渡しました。まあ、あまり気が染まないかも分りませんが、会うだけは会って話を聞いてやって下さい」

「そうですか」

果して吉村の声ははずまなかった。しかし、彼もやはり常識人である。

「あなたの会社での立場もありますから、工藤さんにはお目にかかります。お話を聞いた上でご返事しますが、その際どういうことになるか、それはご了承願います」

「もちろんですとも。それから先はあなたの意志でお決め下さい。どうも親戚のつながりになっていろいろなことをお願いし、ご迷惑をかけます」

「いや、ぼくこそお役に立たないで申訳ありません」

吉村は静かに云った。

今津は、吉村に会った工藤が下手なことを云い出さなければいいがと思った。工藤は宣伝部にいて予算を相当持っているから、何でも金銭で解決したがる。あるいはご馳走政策に出たがる。そんな口吻が吉村に会って出なければいいがと、今津も他人《ひと》ごとながら心配であった。工藤でも会社の用事で出向くのだから、失敗はさせたくなかった。

といって吉村には、工藤はこういう人だから、もしいろんなことを云っても気にしないようにしてくれとも注意できなかった。吉村と縁つづきになったばかりに余計な気苦労を背負いこんだと、今津は悔んだ。

それにしても、工藤の話だと八億円の宣伝費をかけるというからキャメラミンのPR大作戦だ。吉村の小さな「調査」がそんな大げさな東方食品の対策になったのかと思うと、今津もおどろかないわけにはいかなかった。だが、東方食品が怕《こわ》いのは吉村の調査研究が競争会社で逆宣伝されることであろう。その意味で工藤は相手の会社に先制攻撃をかけるらしい。キャメラミンの売出し当時の宣伝も派手だったが、今度はそれに輪をかけることになりそうだった。

だが、考えてみると、それだけキャメラミンそのものが弱点を持っているということになろう。キャメラミンは「栄養」食品として売出した。特殊な味があるからではなく、また風味を誇るからでもない。それは「薬品」と同じような効果があると宣伝し、広範な購買層を獲得したのである。本来なら、薬として出したかったが、いろいろな事情で食品にしたという因縁つきのものだ。以後、似たような製品も出たが、やはり最初に売出したキャメラミンにはかなわなかった。購買心理は怖ろしいようなものである。

ところが、今度は、その薬品的効果を根こそぎ否定する調査結果が出る。それが学者の良心的な研究というので世間に信用されるのである。世間は「学術研究」の名に弱い。これが東方食品にとって怖ろしいのである。しかも、会社側とは何の利害関係も持たない学者の良心的な結論だ。それでなくとも多少キャメラミンの宣伝に疑いを持っている世間は、キャメラミンは効かない、インチキ品だと思いこむ。それでもなお会社側に自信があれば、こんなにあわてることはないように思う。今津は、そうした商品の脆弱性を目の前に見るような思いがした。

それから三、四日経った。まだ何の反応も起らなかった。吉村からも電話がかかってこないし、工藤も下原も沈黙していた。工藤が吉村のところにまだ行ってないような気もするが、こればかりはこちらから訊くのもどうかと思い、今津は黙っていた。吉村に対しては尚更のことである。

今津は、社史の仕事が進まないで少し苛々《いらいら》していた。早く目鼻をつけなければと思うが、何だか近ごろは気乗りがしなかった。

それというのが、上のほうから何の反応もないからである。社史のほうはどうなっているかという問合わせもなければ、早くしろという催促もない。今津は、何だか自分の仕事が、この会社にとっても、杠《ゆずりは》社長にとっても、どうでもいいものではないかと思いはじめた。

もともと会社の仕事は生産と販売部門が第一義的である。社内のすべての仕事はこの二つが優先する。それは分っているが、社史編纂というのがいかに閑仕事《ひましごと》であるか、改めて分ったような気がした。

これまでは今津も、杠社長がその好みから社史に、いや、正確には杠忠造伝に力を入れていると思っていたものだ。

今津は、こうなると浅野のほうが自分などよりはずっと利口だと思い直した。今まではさっぱり仕事に熱意を持たず、趣味の考古学などに熱中している浅野を内心では軽蔑していたが、今度は見直した。浅野はとっくに社史編纂室という実体を見抜いているのである。いかにそれが虚《むな》しいことかを知っている。今津のほうが若いだけに空回りの情熱を燃やしていたのだ。

杠忠造伝を書くということで社長に直接接触できるということが、いつの間にか今津に華かな幻影をつくらせていた。そのようなことは実は何でもなかったのだ。社長にとっては自分の伝記を書いてくれる社員などよりも、売上げをふやしてくれる社員のほうが価値があったのだ。営利会社というものはそれほど甘くはなかった。

今津は、そう考えると憂鬱になってきた。これで大山常務あたりから少しでも、社史のほうはどうなってるかね、という言葉でもあれば張合いがあるのだ。まさか吉村の小さな批判が社長の屈託になって、それに気を取られているわけでもあるまい。

浅野の達観はやはり自分よりも年の功だけはあると、俄かに尊敬さえしたくなった。

その浅野は今日も考古学関係の本を開いている。雑誌だけでなく、学会報告書まで眼を通しているから、もはや、セミプロ級であった。

「近ごろはとんと眼がいうことを利かなくなりましてね」

と、浅野は童顔をにこにこさせて天眼鏡を見せた。

「これで細かい活字を読むことにしましたよ。ずいぶん大きく見えますから楽です」

「そんなことをなさらずに、度の合った眼鏡をお掛けになったらいかがです?」

まさか老眼鏡を掛けたほうがいいでしょうとも云えないので、今津が云うと、

「眼鏡を掛けると余計に度が進むそうですね。眼鏡を掛けつけないほうがいいそうです」

と、浅野はやはり老眼鏡を掛けるのはイヤなようであった。

「少しうまいものを食べたら、眼に栄養が回ってよくなるかも分りませんね」

「食べものの栄養と視力とは関係がないでしょう」

今津も笑いながら云った。

「そうですかね。多少あるんじゃないですか。宣伝部の工藤君みたいに招待でご馳走を食ってる人は得ですな」

「しかし、好きで食べているのではなく、役目で食べているのも辛いでしょう」

「そうですな。毎日のようにおいしいものばかりだと、かえって味気ないでしょうな」

「工藤さんは、そんなに毎晩宴会があるんですか？」

と、案外に浅野が知っているのには今津もおどろいた。会社の社員が何をしていようと一切興味がないと思っていたのだ。

「なにしろ、宣伝部長ですからね、仕事の上でそういう機会が多いと思うんですよ」

と、浅野は具体的なことは云わなかった。

「羨しい仕事ですね。ぼくらみたいに手弁当で勤めている人間にはね」

と、今津は云ったが、その工藤に何度かご馳走になっていると思うと少し気がひけた。

「近ごろは工藤君からあんまり誘いがないのですか？」

と、浅野は微笑して云うが、この言葉が今度だけは今津にも皮肉に、そして少しばかり奇異に聞えた。

「いや、ぼくなんかはあんまり関係がないので、そうたびたびは誘っていただけませんよ」

今津は苦笑して云った。

「そうですか」

浅野は何とも思ってなく、一方の手でうすい髪を撫で、片方では天眼鏡の柄を握って活字の上に当てていた。

また一週間近く経った。あれきり工藤部長は今津に何も云ってこなかった。会社の廊下などで下原に出遇うが、下原も忙しそうにして、ろくに言葉をかけてこなかった。なんだか下原はわざと忙しいところを見せて、今津を避けているようにも思えないことはなかった。また吉村からも電話で何も云ってこなかった。工藤が吉村に会ったかどうかもはっきり分らなかった。

今津の気持は沈滞した。べつに自分の仕事にコンプレックスを感じることはないのだが、それでも気持が重くなってくる。今さらのように浅野の達観ぶりが羨しかった。

今津が神楽坂の若い芸者の小太郎に電話したのは、そんな慰めようのない気持からだった。彼は会社の者でない人間と話してみたかった。小太郎と会って話せばいくらか気分が引立てられるだろうと思った。小太郎のアパートの電話はこの前、彼女に教えてもらって以来手帳につけてある。

その日は土曜日であった。東方食品では隔週の土曜休日制を採っていたが、この日は出社日である。昼に勤務を終えた今津はわざと時間を潰して四時半ごろ小太郎のアパートに電話した。

「ずいぶんしばらくね」

小太郎は澄んだ声で云った。その声を聞いているとお座敷の芸者ではなく、女学生のような彼女の姿が浮んだ。

「今夜は土曜日だから神楽坂のほうは休みなの。土曜と日曜とがわたしの休みなのよ」

と彼女が云ったので、今津はお茶に誘うのが気軽に云えた。小太郎はすぐに承知してくれた。

新宿の喫茶店で待っていると、小太郎は細い身体によく似合う明るい色のワンピースで現われた。近ごろ流行のデザインも、小さな顔なので余計に若く見せた。

「ずっと元気？」

と、今津は訊いた。

「ええ、とっても」

「毎晩欠かさずお座敷に出ているんですか？」

「そうよ。若いうちは働かなくちゃいけませんからね」

小太郎は笑ったが、歯ならびが揃ってないのでかえって愛嬌があった。こうして話をしていると、よそ目には恋人同士に見えるかもしれない。今津は悪い気がしなかった。

「毎晩忙しい？」

「忙しいときもあるし閑《ひま》なときもあるし、まちまちよ。お座敷に出ていればべつに気の張ることもないけど、昼間のお稽古ごとのほうが大へんだわ。わたし、遊びざかりの年ごろでしょ」

と、微笑した。

「ぼくはあなたがたの職業だと、昼間は何もやることがなくて退屈で仕方がないんじゃないかと思っていましたがね」

「それは認識不足だわ」

小太郎は、稽古にいかに毎日の時間がとられているかを云ったあと、

「ここんとこ杠《ゆずりは》社長さんにはしばらくお目にかかってないけど、お元気ですの？」

と訊いた。そうすると、杠は近ごろ神楽坂にあまり姿を見せていないらしかった。

「元気でおられますよ」

今津は云ったが、べつに会社で毎日社長の姿を見ているわけではなかった。前にはよく社内の各部を回っていたが、このごろはあまり姿を見せない。それも今津がふしぎに思っている一つであった。

「この前、工藤さんにお目にかかったわ」

と、小太郎は思いついたように云った。

「ああ、宣伝部長ですね。やはりこの前ぼくが行った〝多喜川〟で？」

「〝多喜川〟じゃないわ。よそのお座敷よ。工藤さんはお客さま。わたしがそのお座敷に伺ったときはアトロで遅かったけれど、だいぶん賑やかなお座敷だったわ」

「じゃ、工藤さんひとりではなかったんですね？」

「ええ。工藤さんと若い部下の方と二人でしたけれど、招待側はテレビ会社だったみたいね」

「じゃ、テレビの営業部でしょう」

と云ったが、今津は工藤が八億円もの予算をかけてキャメラミンの宣伝大攻勢を開始すると云った言葉と合わせて、テレビ会社がスポンサーを招待したのだと思った。大きなスポンサーの獲得を競争している民放側では、東方食品の新方針を知って逸早く宣伝部長の招待作戦に出たに違いなかった。

「工藤さんはすっかりいいご機嫌で、とてもはしゃいでいたわ」

「あなたは工藤さんをよく知っているの?」

「社長さんのお供で〝多喜川〟に二度か三度かお見えになったのをおぼえているわ。でも、工藤さんのほうではわたしの名前は知らないでしょう」

「あなたのような美人をおぼえてないはずはないと思うけどねえ」

「冗談はやめて。わたしのようなチンピラなんか問題にもされないわ。それでも工藤さんから三万円戴いたわ」

「三万円?」

「誤解しないで。わたしひとりだけじゃないわ。工藤さんはそこに来ている芸者全部にお祝儀として三万円ずつ配ったの」

「ほう、そんなにお祝儀というのはたくさん配るものなの?」

今津は眼をまるくした。

「とんでもないわ。近ごろ、よほどのことがないとお祝儀なんか呉れるお客さんは居ないわ。たまに呉れてもせいぜい五千円かよくても一万円ぐらいね。それもお正月くらいなもので、いつもお座敷に呼んでいるお馴染みのグループでないと出さないわ。わたしなんか工藤さんのお座敷にはあまり関係ないんですからね。わたしだけじゃなく、そういうお姐さん方もみんな三万円貰ったわ。近ごろにない大盤振舞いよ」

「しかし、工藤さんはお客さんで招待されてきてたのでしょう？」

「ええ、そう。だから、ちょっとヘンな気持だったわ。招待してるほうが出すなら、まだ分るけど。テレビ会社の人も複雑な顔つきだったわよ」

「なるほどね」

工藤はよっぽど金を持っているらしい。もちろん、それは彼の個人的な所持金ではなく、宣伝部の予算であろう。彼は部長として予算の一切をまかされている。もっとも、その予算が決定するまでは社長の肚《はら》一つである。宣伝担当は大山常務になっているが、常務は辣腕《らつわん》の工藤宣伝部長に一切をまかせているので、工藤が大山常務に吹きこめば常務は工藤の云いなりになる。

宣伝費は工藤が始終現金にして持っているわけではないが、それでも一部はふところにいつも入れているのだろう。そうなると、彼の使う金はどこまでが社用で、どこまでが私用か区別がつかなくなる。工藤の性格から考えて、ある程度私用に流用していることは想像できる。ひとに招待された座敷で芸者たちに三万円ずつ総花的にばら撒いた工藤の振舞いは、さぞかし招《よ》んだ側に苦々しく映ったに違いなかった。

もっとも、招待者は相手が大切な得意先だから、そんなことは露骨に顔にも出さず、適当にチヤホヤしたに違いない。

「工藤さんはちょいちょい神楽坂に行っているんだろうか？」

と、今津は小太郎に水を向けた。そんな様子だったら、まだまだ神楽坂で遊んでいるような気がする。

「そうね、わたしの友だちが、一昨日の夜だったか工藤さんのお座敷に呼ばれたと云ってたわ。やはり〝多喜川〟とは別なお茶屋さんだけど」

小太郎は可愛い口もとにアイスクリームを運びながら云った。

「一昨日の晩も。それはやっぱりテレビか何かの連中と一緒？」

「いいえ。それは工藤さんがお客さまを招待なさったらしいの」

「大勢？」

今津は小太郎から何か情報を取っているようで気が差したが、やはり気にかかるものがあった。

「いいえ。お客さまはお一人だったと云ってたわ。だけど、そのお客さまが堅い方なので、とても気苦労だったそうよ」

「はて、堅いというと、どういう人かな？」

今津は、もしやそれが吉村ではないかと考えた。

「何だかよく分らないけど、学校の先生らしいと云ってたわ。工藤さんがお客さまを先生先生と呼んでいらしたそうだから」

やっぱりそうだった。しかし、小太郎がその座敷に居なかったのは残念である。もし彼女が居れば、吉村ならすぐに判ったであろう。友だちからの又聞きなので、それ以上訊いても知るまい。

今津は工藤の腕前におどろいた。まさかあの吉村が工藤の招待に応じようとは思わなかった。しかも、それが芸者の居る神楽坂の待合というのだから意外であった。今津は、たぶん工藤の申し込みはいっぺんに吉村から撃退されると思っていたのだ。

今津は、相手が吉村かどうかちょっと疑いたくなったが、一方では秘かにうなずくものがないではなかった。というのは、あれから吉村も工藤も何も云ってこない。普通なら吉村のほうから工藤と会った顚末を電話で報告してくるはずだが、未だに沈黙している。工藤も忘れたようにそのことは黙っている。工藤の部下の下原も同様だ。あの多弁な男が一言も云わないのである。

吉村も遂に金や饗応政策の前に参ったのか。彼はその良心的なキャメラミンの研究調査を中止するつもりだろうか。

いや、その資料は彼の助手の一人が研究室から持出して一部に流しているらしいから、工藤の要請を承諾すれば、吉村は単に調査を中止するだけでなく、前の論文を否定する文章を発表しなければならなくなる。——

再浮上

今津の日記。

《かねて噂のあったキャメラミンの大宣伝がいよいよはじまった。テレビ、ラジオ、新聞広告はもとより、食料品店の店頭ポスターから電車内の吊り広告まで物凄い攻勢であった。まるでキャメラミンが新発売されたときのようである。殊にテレビではめぼしい局のゴールデン・アワーを買切るという豪勢さだった。同業者の中には、東方食品は気が狂ったのではないかと評した者がいるそうである。事実、われわれも、この広告攻勢の内輪の事情が分っていながら、その異常さにはおどろいた。

工藤宣伝部長は忙しそうに飛び回っている。宣伝部は毎日企画会議であった。工藤部長はたいへんな張切りようであった。誰かが、あいつ、まるで東方食品をひとりで支えているような顔でいると云ったが、彼のハッタリと合わせてまさに適評であった。さぞかし毎晩のように打合せ会という宴会が持たれたに違いない。

ところで、例の問題だが、あれ以来、吉村のほうから何も云ってこない。また、キャメラミンの栄養素を疑うような例の論も影をひそめたようである。キャメラミンの宣伝に力を入れるのは、もともと、吉村の調査が発端となって世間にその悪評がひろまらないように先制攻撃をかけることにあったのだから、その火元さえ消えてしまえば燃え広がりようはない。新聞広告には、キャメラミンを愛用しているという著名な文化人の顔がずらりとならんでいた。

吉村は、あの調査は自分の手でやったが、それを外部に持ち出したのは助手であると云っていた。そのためにも彼はキャメラミンの名誉を回復するために改めて何か書かなければならないのだが、それはどうも無かったようである。自分の眼にはふれていない。多分、吉村がわざわざ論文を書かなくとも、彼の言葉だけで悪い噂の根は絶たれたのかもしれない。

その吉村は最近どうしているのかと思って、ある日、従弟に訊いてみた。当人から何も云ってこないので他の者を通じて探りたくなったのだ。

——今年の末には妹と二人で海外旅行に行くという話でしたよ、と従弟は云った。

吉村は一度は海外を見て来たいということを前から云っていたが、それが実現すると聞いたのは今度が初めてである。吉村ひとりでさえ容易に外国へ行けなかったものが、どうして急に二人で行けるような余裕ができたのか。

　そこに工藤宣伝部長の辣腕の介在が感じられた。諸般の状況から推察すると、吉村が金の威力の前に転んだことは否定しようがない。

　自分の仕事には全く関係がないが、営業部の連中の話だと、このところキャメラミンの売れ行きが急増したそうである。現代はやはりマスコミ万能だ。宣伝費に八億円をかけるという評判が事実かどうかは分らないにしても、とにかく巨大な宣伝費を出すだけの価値はあった。悪くするとキャメラミンの売れ行きがガタ落ちになり、社業そのものにも響いてこないとも限らないのに、悪い噂を抹消した上に売上げの伸び率が急上昇したのだから、八億円の宣伝費の償却など問題ではあるまい。心なしか社の中も活気に満ちて来たようである。

　その中でも、ここ社史編纂室は特殊地点だ。他の部署が活気に溢れようが、あるいは不景気で苦悶しようが、ここだけは一切そうした波を被らない逃避地帯である。つまり、社の中では最も目立たない日陰の職場だ。部員も室長を入れて三人という、あるか無きかの存在だった。浅野さんの性格がまさにそれを表現している。

　この人は東方食品の製品にどんなものがあるかさえあまり知らないのではなかろ

うか。あるとき、浅野さんが、店頭である商品を買ったが、そのラベルを見てわが社の製品だとはじめて分ったという伝説がある。

それでも、現代のPRは仙人のような浅野さんをおどろかすには十分だった。テレビや新聞の大宣伝にはおどろきましたな、と考古学の話の間に浅野さんは眼をまるくして自分に云う。浅野さんすらその通りである。まして業界ではかなりの騒ぎを起しているようであった。殊に対立会社のA製菓では大へんな衝撃ということである。

その相手側のショックや狼狽がわが社にも手に取るように分っているらしい。相互に内部事情の情報源が置かれてあるのだ。人事関係などは自分の社より対立会社の方がよく知っている。

人事関係といえば、こういうことがあった。大宣伝がはじまって一ヵ月ばかりしてからだが、突然、宣伝部の次長が交代した。それまで次長だった川島という男は庶務部次長に遷《うつ》され、後任に下原が昇格した。

川島次長が工藤部長の女房役として誠実に勤めていたことは社内で定評となっていた。それほど切れる手腕家でもなく、また頭脳が明皙なほうでもないが、ただ律義に工藤部長の命令を守って、その補佐役をつとめていたのである。しかし、工藤部長が可愛がる下原の巧妙な遊泳術には及ばない。とうとう、下原を次長に据えるために川島は宣伝部を追出されてしまった。これは社内にかなりな話題を撒いた。庶務部は何といっても主流ではない。その次長といえば、警備員や掃除のおばさんを監督する程度である。要するに雑用係にすぎない。この社史編纂室がそうであるように、事業会社では直接利益に関係のある部でないと大事にされないのだ。

下原は次長になってから、急に自分で貫禄をつけようとしはじめている。はじめのうちこそ誰かが挨拶するとニコニコ顔で低姿勢だったが、日が経つにつれ、だんだん威張ってきた。威張って見えるのは見る人の主観かもしれないが下原なら誰でもそんな感じを持つ。概して上役に胡麻を摺る人間ほど下には自分を偉く見せようとするものだ。どこの世界にもあることで、別段珍しいことではない。しかし、下原といっしょに入った連中は不愉快な顔をしている。ある人間の計算だと、次長になってからの給料の昇給とボーナスの増額を加えると、彼の収入は二倍近くなったと云っていた。まさかそれほどでもあるまいが、この会社の待遇は上に厚く下にうすいので、その想像が間違いだとあたまから否定するわけにもゆかない。

下原は、前には自分と廊下で遇っても向うから挨拶をしかけてきたものだが、このごろは、よう、と一言声をかけるだけで、眼の前を意気揚々と歩いてゆく。工藤宣伝部長が吉村のことで自分を利用しようとしていたときは、下原はその使いとして何かと自分のような者にもお世辞を云ったものだが、そっちのほうの用事がなくなると、すでにこの態度の急変である。

また、自分が社史編纂という仕事から杠《ゆずりは》社長に近づくので、早くも側近の一人になるのかと早合点し、工藤部長がおのれの系列に自分を入れようとした際は、下原もその意を汲んで自分にも接近していたが、それが空事《そらごと》だと分ると、ろくろく言葉も交さなくなった。向うでは錯覚を後悔しているかもしれない。

だが、キャメラミンの売れ行きの上昇と、それに伴う東方食品の躍進的な印象とは、何といっても宣伝部の功績である。いくら大金をつぎ込んでも、その実があがらなければ何にもならない。事実、そういう空玉も宣伝の世界には多いという。したがって、見事にPRに成功した宣伝部は全社的にいっても活気に溢れている。工藤部長の得意は推して知るべしだ。

それにつれて大山常務も近ごろは血色がよく、頗《すこぶ》る元気である。宣伝部の担当役員は一応大山常務になっているので、彼も大いにうれしがっている。もっとも、大山常務は工藤ほどにはおごらない性質である。ハッタリがない。どちらかというと地味で、動作に喜怒哀楽を示さないほうだ。社長の竹馬の友だからあの凡庸な人物があすこまで行ったのだと評する人間もいる。決して手腕家ではないが、工藤のような人間よりは遥かに好感が持てることはたしかであった。
　肝心の自分の社史編纂のほうは遅々として捗《はかど》らない。やるからには良心的なものをと心がけているので、資料の収集にばかり時間がかかる。それに、早く出すようにというような催促もなければ、どうなっているかという問合せもない。一面からみると他から拘束されないためにやりやすいようではあるが、張合がない仕事でもある。思うに、杠社長も初めのうちこそ社史を世に問うて、かたがた自分の伝記も人に読んでもらいたいという気持があったが、今ではその熱も冷めているようだ。社長は社史などよりも商品の売れるほうに心が奪われている。》
　今津の日記のつづき。
《人びとの注目は、どうしても庶務部次長に追われた川島の様子にそれとなく注がれる。社内で彼を気の毒と思わない者はない。が、人は一方ではどこかに爽快さを覚えているのではなかろうか。直接自己に利害関係がなくとも、また当人と親疎の関係はなくとも、他人が悲境に陥ることを自己の安泰と比較して秘かに愉しんでいるようである。

その川島はほとんど次長席に居たことがなく、出社のときと退社のときぐらいにしか見かけなかった。彼の仕事は社内を隈なく回って掃除や修理の個所を点検したり雑役夫を監督するのだから、席に居ないのは別に彼がサボっているわけでもなかった。が、人はそうは取らない。彼はその左遷にクサって仕事を投げているのではないかと云い合っている。

東方食品は決して大きな会社ではない。だが、このような中企業にも人間の隆替がその全社員に大きな影響力を与えているかと思うと、ここもまた一つの世の縮図といった感じがする。

ところが、ある日、自分は昼休みに散歩に出かけ、通りかかった裏通りで喫茶店の窓に川島と浅野さんとが対い合っている姿を見て意外な感じがした。その喫茶店は洒落た設計だが、総ガラスのために外からでも内部の姿が映る。あいにくと浅野さんのところは紗《しゃ》のカーテンが少し開いていたので浅野さんだけの姿が映った。

自分はうかつにも浅野さんがひとりで茶を喫《の》んでいると間違えて中に入った。ひとりで昼休みの時間を持てあましていたときなので、例によって春風駘蕩たる浅野さんの話に接したくなったのだ。ふしぎなもので、自分の気持が昂揚しているときは考古学の話などどうでもいいが、重い気持に沈んでいると、その話が心を慰めてくれる。

ドアを押して店内に入った瞬間、自分はしまったと思った。向うでもこちらを見てはっとしたようだ。川島の眼がたちまちコーヒー茶碗の上に落ちた。バツの悪い表情である。

だが、自分も今さら引込みもつかなかったので少し離れたテーブルにひとりで坐り、こちらに向いた浅野さんと軽く黙礼を交した。川島も仕方なさそうに眼で挨拶した。二人はとりとめのない話をしていたが、そのときの様子では自分が入ってきて急に話題を変えたことははっきりしていた。自分としても居心地が悪いのでコーヒーを半分ぐらいにして、お先に、と云って出てしまった。

奇妙なことである。川島と浅野さんとはどう考えても取合せにはならない。まだ川島が宣伝部次長でいたころも何の交渉もなかった。まさか川島がその暗い気持を浅野さんに慰めてもらいに茶に誘ったのではあるまいと思った。どうも浅野さんという人はのんびりと穏やかな人柄だが、ときどき端倪《たんげい》すべからざる動作を見せる。もっと率直にいえば、この人には恐い部分がちょっぴりある。

自分が昼休みの散歩から帰って十分ばかりすると、浅野さんが戻ってきた。

「さっきはどうも失礼しましたね」

と、浅野さんは自分のうしろを往復して歩きながら云った。これも浅野さんの癖で、話をするのに自分の椅子にじっと坐ってはいられない。必ず席から起って話相手の背後を小さく往復する。特に社の用事とは関係のない趣味のことになると、その特徴がよく出た。浅野さんとしては勤務の時間に無駄話をするのが気がひけるので、その癖になったのかもしれない。

「ぼくがあの喫茶店で茶を喫《の》んでいると、ひょっこり川島君が入って来ましてね」

と、浅野さんはこちらが聞きもしないのに弁解しはじめた。もっとも、それが弁解と聞えるのは自分のそのときの感じで、当人としては世間話のつもりであったろう。かえって先に出てしまった自分のほうがきまり悪い思いをしなければならないところだ。

どんな話をしましたかとも訊けないので、あとの言葉を待っていると、

「川島君も立派な人ですね」

と、珍しく浅野さんとしては社員の人物批評をした。

聞いていると、下原のために追われた川島は、それをべつに気にかけていないというのである。どこに居ようが社のために働くのは同じことで、かえってほかの人が自分に何かと気を遣ってくれるのが心苦しいと云ったそうである。工藤部長にひ

たすら誠実な補佐役をつとめてきた川島の人柄では一応うなずけないことはないが、それにしても浅野さんはあまりに川島の言葉を真《ま》に受けすぎていると自分は思った。やはり浅野さんは人がいい。川島としてもそれほど親しくない浅野さんにはそう云うよりほかに仕方がなかろう。

「なにしろ、川島君とは家がそれほど遠くないものですからね、電車の行き帰りにはときどき遇うんですよ」

と、浅野さんは云ったが、それほど家が近ければ、もう少し両方で日ごろの往来がありそうに思える。川島も逆境に落ちて初めて浅野さんといっしょにしんみりとした話を交す気になったのであろう。浅野さんはそういう人柄であった。

そんなことがあって四、五日すると、親戚の一人が吉村の様子を伝えてきた。なんでも海外旅行が本ぎまりになったそうで、行先はアメリカからヨーロッパを回るコースだそうである。

「吉村のところは急に景気がよくなったが、どういう訳だろうね？」

と訊くから、自分は、さあ、と云ってとぼけておいた。親戚の者は、

「彼のやっている栄養学のようなことではべつに外部の企業との結びつきもないし、あんまり経済的な臨時収入も期待できないはずだがね。それに、本でも書いて、そ

れが売れてるというなら分らないでもないが、学術的な論文はあっても、およそ読物の書けない男だから奇態だ」

と、しきりと不審がっていた。なんでも二人で三百万円近い金を使うつもりだと、これは吉村の妹のほうが自慢そうに云っていたという。》

今津は、自分の勤めている会社がよく分らなくなった。誰しも初めはそこがいい会社だと思って入社する。だが、外から見る眼と、中に入ってから知る眼とは違ってくる。

東方食品も案外基礎の弱い会社だと思った。キャメラミンのことで、それがどのように権威があろうと大学の調査資料の一部が出ると、たちまち社の屋台骨が傾くくらいに大騒ぎになる。その悪い噂を消すために八億円もの大金をつぎ込んでの大宣伝だ。また、調査資料を書いた吉村にも妹と外国旅行ができるくらいの金を出したのだ。大体、食品会社は日ごろから製品の宣伝に力を入れる。それが会社まで大きいように世間に錯覚を起させるのだ。人から聞いた話だが、テレビのスポットを多く利用する広告主上位十社のうち、六〜七社までは常に食品関係の会社が占めるという。が、食品会社といっても、それは極めて資本力の弱い、脆い企業である。殊に東方食品ではキャメラミンが看板だから、この売れ行きに万一のことがあったらたちまち社運を左右するのだ。

今津は、少々虚無的な気持になった。その東方食品が工藤という宣伝部長ひとりに支えられているのもかなしかった。工藤が信頼できる人物ならそれも評価できるが、あの性質ではどうにも侘しいのである。

今津のこの侘しさは、また小太郎に電話をかける気持にさせた。彼女は昼間でないと居ないので、十二時前にこっそり電話すると、一時間ぐらいならどこかで遇ってもいいと云った。

「わたしのほうも話したいことがあるのよ。わりあい面白い話だから」

と、小太郎は弾んだ声で云った。

小太郎がそういうからには会社のことだろうと思い、今津も期待して二人で決めた小さなレストランに行った。そこで小太郎とささやかな昼食を共にする約束だった。

今津が行くと、小太郎はもうテーブルに坐っていた。向うは車でくるから早かった。近ごろの若い芸者は例外なくモダンである。今日の小太郎は細身の躰にスポーティなスーツを着込んでいた。顔が小さいからよく似合うし、テレビタレントふうな美少女にみえる。

「面白い話っていうのは何です？」

と、早速今津はたずねた。

「あら、あなたのほうは別にわたしに話はないの？」

小太郎は糸切歯を見せた。

「いや、会社に居るとくさくさするのでね、気持を紛らわすのにあなたの顔を見たくなったんですよ」

「お勤めすると、やっぱりいやなことがあるんでしょうね？」

「あるんでしょうねどころじゃない。始終いやな思いばかりさせられている」

「そう。いいことってあんまりないものね」

「ところで、さっき電話で面白い話があるといったね、そいつを聞くのを愉しみにしてやって来たんだが」

「ご馳走になってるから話さないと悪いわね。実は常務さんと専務さんのことよ」

「二人がどうかしたの？」

「実はねえ、社長さんと大山さんが呑みながらの話だけど、大山さんは島田さんのことをあんまりよくは云ってなかったわ」

「え、専務のことを？」

今津は意外だった。あのおとなしい大山常務が島田専務のことを社長によくは云ってなかったというのだ。島田専務といえば、東方食品創業の功労者ではないか。例のお世辞たらたらの「経営者十傑・杠忠造伝」の筆によれば、杠と島田はキャメラミンを創り出すため二人でアラビアの砂漠を歩いたが、キャメル・ソーンを採取するとき、砂漠に沈む夕日を眺めた杠が、

《君、この光景を眼から忘れないでおけよ。日本に帰ってぜひこれを新製品のイメージにもりこむのだ》

と島田に感激して叫ぶ場面がある。

すなわち、杠社長と島田専務は盟友である。東方食品の今日ある半分の功績は島田専務だ。彼が社で社長の絶対の信任を背景に権力を揮っているのは故なきことではなかった。

その島田の悪口を大山常務が社長に酒間で云うとは、大山も同じ役員としてやはり人なみの嫉妬《ジェラシー》があることを今津は小太郎の話から発見した。大山といえば社長の竹馬の友というだけで役員になったようにいわれている。社内の悪口屋はかげで、大山は社長の浮気のあと始末の係のように云っているが、そればかりでもないらしい。これは大きなニュースである。

異常な雰囲気

今津の日記。

《まったく会社の内容ほど分らないものはない。自分は小太郎の話を聞くまで、島田専務と大山常務の間があまりよくないということには全然気がつかなかった。社内にもそんな噂一つ伝わっていないのである。それどころか、杠《ゆずりは》社長のもとに、島田専務は完全に社長を補佐してゆるぎのない運営をしているし、大山常務はそっちのほうにはあまり介入せず、もっぱら社長の側近で、これまた島田とは別な面でうまく行っていると思っていた。つまり、島田は経営方面の大番頭、大山は社長の秘書的な面の中番頭というところで、互いがその領分を侵しもせず侵されもせずに協調していると考えていた。

衆目の見るところ、大山の実力は島田専務のそれには遥かに及ばない。大山は社長の竹馬の友というだけで役員になったのだし、社長のプライベイトな面の世話役だ。悪口を云う者は、社長の遊びの相手で、その尻拭い役だと云っている。また大山常務自身もその分を心得ていて、それ以上社に対して野心も希望も持っていないと皆に思われてきた。

ところが、大山常務が島田専務の悪口を云い、島田専務が大山常務の陰口をきくというのは、常務は社長の信頼を笠に着てその運営面にも乗り出そうとて、島田専務の大山排撃という状況になったのだろうか。つまり、社長の寵を争う二大重臣の暗闘の開始というのだろうか。

こう考えるのはあるいは穿《うが》ち過ぎかもしれない。酒間では、つい、気をゆるして何気なく日ごろ思っていることを洩らすものだ。それは表立っての対立とはいえない。酒の上で相手の悪口を云うのは、なにも重役だけに限らず、下級社員はおでん屋などでよくやっていることだ。それほど気に留めることもあるまい。

しかし、今までその気配さえ見えなかっただけに、小太郎の話はかなり自分にショックであった。おそらく会社の誰もがこの事実に気づいていないに違いない。あるいは役員間にはうすうす分っているかもしれないが、まだ下のほうの噂とはなっていない。社内でこの間の事情を知る者があるとすれば秘書課あたりの連中だろうが、それすらどの程度知っているか。秘書課の連中が分っていれば、必ずそれは社員の間に流れるのである。殊に役員間のもつれは、こっそりと打明けたい誘惑的な話題だ。

明日から自分は、その眼でよそながら島田専務、大山常務の様子を見ることにしよう。》

――二週間ほど経った。

今津が仕事をしていると、昼前になって浅野が今津の椅子のうしろを熊のように行ったり来たりしはじめた。浅野は何か話しかけたいときは必ずそんな様子をするので、今津も何を話しかけられるのかと思った。多分、考古学の最近の話題であろう。浅野は今津が忙しがっているので途中で話しかけるのを遠慮しているのである。今津はそれと察したから、少し早いと思ったが、仕事のキリをつけた。時計を見ると十二時五分前だった。

「今津さん。どうですか、昼休みにちょっとそこいらを歩いてみませんか」

と、浅野は童顔に人のいい笑いをいっぱい浮べながら相変らず遠慮深げに云った。

「そうですね、じゃ、お供しましょう」

今津は進んで答えた。浅野がいっしょに歩こうなどというのは滅多にないことである。いつも彼のほうで遠慮しているのだ。それは年齢の違いで年寄と歩いても面白くないだろうという浅野の心遣いからであった。

　食事を済ましたあと、今津は社の玄関に出た。浅野は玄関の前で陽を浴びながら待ってくれていた。

「お待たせしました」

　と、今津は浅野と肩をならべた。彼はこんなふうに浅野といっしょに歩くことはあまりなかった。

「いい天気ですな」

　と、浅野は眼を細めた。

　いつしか桜も散り、陽射しは初夏に近かった。今津自身も上衣なしのワイシャツ姿であった。

　今津は浅野に調子を合わせて、なるべく先方の気に入るような話題を択んだ。気候のことから、世界にはまた第四氷河期がくるかどうかを訊いてみた。べつに興味を持ったわけではない。果して浅野は少し元気づいて、第四氷河期は必然的にくることになっていると説明した。

「なぜ、地球上には氷河期が訪れるのですか？」

　と、今津は初歩的な質問をした。実は、こんなことは理屈が分っているようで案外分っていないのである。

浅野は、それを回っている独楽《こま》にたとえた。

独楽は勢いよく自転している間は中心の心棒が直立しているが、疲れてくると心棒がぐらぐらと揺らぎはじめる。地球も同じことで、歴史が長くなると、自転もゆるくなり中心の軸がぐらついてくる。そのぐらつくのがだんだん大振りになり、そして間隔が詰ってくる。したがって、太古の一昼夜はいまより短い時間だったろうし、第一氷河期と第二氷河期の間は、おそらく第三氷河期と第四氷河期の間隔よりも遥かに長かったであろうと説明するのである。

それからさらに地球上の生物の問題や地質の問題に亘《わた》ってくると、浅野は話すのに倦むところを知らなかった。それは近くの喫茶店で茶を喫み終っても涯しなさそうに思えた。

「すると、地球上に棲《す》んでいるわれわれは何だか不安ですね」

と、今津は地球の軸のぐらつきのことから云った。もちろん、実感として言葉に出たのではなく、その場のいい加減な相槌だった。

「しかし、われわれが生きている間は大丈夫ですから、そう心配はいりませんよ」

と、浅野は当り前のことを云って笑った。が、そのあとでふいと、こんなことを云い出した。

「不安といえば、このごろ、何となく会社の中の空気が変と思いませんか？」

今津は、突然、目の前の浅野が別な人間に変ったような錯覚に襲われた。

「さあ、ぼくにはよく分りませんが」

と、彼は浅野の至極平和な童顔を見つめながら、

「何か、そんな気配がするんですか？」

と、反問した。むろん、頭の中は小太郎の話が一瞬過《よぎ》ったのだが、浅野がそんなことを知るわけもなく、また、それが浅野の云う会社の「変な空気」に関連しているとは思えなかった。

「いや」

と、浅野は禿げかかった頭に片手を置いて、

「はっきりしたことではないんですがね、なんだか、ぼくの予感というか、そんな気がするんです。まあ、あなたが地球上に最期の破滅がくるのを心配してるのと同じことかも分りませんがね」

「けど、浅野さんがそんな意見を云われるのは珍しいですね。いくら予感といっても、何かがなければそんな気持は起らないのでしょう。何があったんですか？」

と、今津も相手が浅野だと思えば遠慮なく突っ込むことができた。

「そうですな、いや、そう云われると困るんですが」

と、ほんとに困った顔をし、

「予感というやつは空気みたいなもので、つかまえどころがないんです。むろん、はっきりしたデータがあって云ってるわけではありません。けど、何となくいやなことが起りそうなという心持になることはあるでしょう。説明はできませんがね」

「そうですね。しかし、それは神経状態がちょっと普通でなくなってるときか分りませんね。いわばノイローゼみたいな現象で……」

「そうかもしれません」

と、浅野はあっさりうなずいた。

「そう云われてみると、ぼくは多少ノイローゼ気味になってるのかも分りませんな」

浅野はもう一度、頭を手で撫でた。

そのようなことがあってから一ヵ月ほど経った。

今津は昼休みに隣の席の山根静子から変な話を聞いた。

「近ごろ、うちのコマーシャルがテレビから消えたわね。いつもゴールデンアワーに出ていた、例のキャメラミンの文字がなくなったわ。どうしたんでしょう？」

今津は、あまりテレビを見ていないので知らなかった。しかし、東方食品はキャメラミンの宣伝では特にテレビに重点を置いている。新聞広告よりもむしろテレビの面に力を入れすぎている傾向だ。それなのにキャメラミンの宣伝政策を変更したという話も聞かなかった。

「へえ、それはちっとも知らなかったなあ。それはどのテレビ？」

「ＢＣＤ放送よ。それに、東西放送もぐっと半分ぐらいに減っちゃったわ」

彼女はテレビをよく見ているらしい。だが、今津はそれが信じられなかった。キャメラミンのテレビ宣伝でも最も力を入れているのがＢＣＤ放送なのだ。それが突然消えたというのが本当とは思えなかった。

しかし、今津は、その話をほかの者からも二、三聞いた。そこで、アパートに帰って、キャメラミンの出る曜日のゴールデンアワーをつけてみた。評判の人気番組に必ず出ていたキャメラミンのＣＭの代りに別な業種の商品が現われていた。いまさら、おや、と思ったことである。

この調子でゆくと、人が云うように、東西放送のほうも宣伝が半減したに違いない。

一体、何が起ったのか。今津にはさっぱり分らなかった。で、新聞のほうはと見ると、これは相変らず大きなスペースでキャメラミンの広告がつづけられている。

では、宣伝の効果として、はじめはテレビと新聞の両建てで行っていたが、宣伝費の嵩《かさ》みに節減の意味から、ひとまず、テレビをおりて新聞だけに切替えたのかもしれないとも思った。

だが、テレビの宣伝効果は業界から著しく認められている。経費節減なら新聞広告も少くするのが普通だが、それはなく一方を打切った理由が分らなかった。もっとも、今津は宣伝のほうはズブの素人である。何か宣伝部のほうに、その専門的な知識から考えがあるのかもしれなかった。

宣伝部といえば、工藤宣伝部長のもとに次長となった下原のことだ。近ごろは滅多に下原と口を利かぬ。向うは一段と偉くなった気持からか、それとも今津を必要としなくなったのか、廊下で遇っても忙しそうにすれ違うだけである。態度も尊大になっていた。もちろん、工藤部長からのお誘いは全く消えた。

今津は会社に出て、浅野にテレビからキャメラミンの宣伝が消えたことをきいてみた。

「へえ、ぼくはちっとも気がつかなかったですな」

浅野は、予想通り、テレビのCMなどには関心はなかった。

「ほかからもそんな話を聞きませんか?」

「いや、何も知りませんね」

浅野はキョトンとしている。話にならなかった。

今津はほかの課の知合いの男に訊くと、これも同様に不思議がっていた。事実はその通りだが、原因がさっぱり分らないというのである。その疑問は社内にも多いということも分った。

だが、これは宣伝部の仕事である。自分たちにかかわりのないことだし、工藤宣伝部長というエキスパートがやっていることだから何かの理由があってのことだろうと、それを特殊な意味に考えて疑問とする者はあまりなかった。

例のキャメラミンを攻撃する文書は、あれ以来ぷっつりと跡を絶ったようである。吉村を説得した工藤の功績といえよう。それに、逸早くキャメラミンの大宣伝を開始したので、その物量的な攻撃の前に批判声は圧し潰されたに違いなかった。今ではキャメラミンに対する疑問はきれいに拭い去られ、隆々たる販売成績を維持している。

テレビCMのことを聞いてから一週間あとだった。

今津は工藤宣伝部長が突然欠勤しはじめたというのを耳にした。今日で三日も休んでいるというのである。

あれ以来今津は工藤に遇っていないし、また社内でもときたましか彼の姿を見なかった。向うは多忙な人で、社内よりも外を回っている時間のほうが多い。それに、宣伝部は今津の居る所とは全然離れているので工藤が欠勤しているかどうか分らなかった。

「その欠勤も、どうやら無断欠勤らしいよ」

と、教える者は云った。

「無断欠勤？　一体、どうしたというんだい？」

工藤宣伝部長ともあろう人が無断欠勤するとは信じられなかった。事実、それだったら重大な問題である。普通の平社員が一日ぐらい無断欠勤したのと意味が違う。工藤は準幹部だ。将来の役員候補でもある。それに、キャメラミンの売れ行きを上昇させた宣伝の功労者である。社長の信任も厚い。その男が無断欠勤とはどういうことだろうか。

普通、無断欠勤といえば、社に対する不平に因ることが多い。それは一種の抵抗である。

工藤の場合は二つのことが考えられる。一つは、工藤が社長や役員と衝突して辞職を覚悟で一身上の理由で無断欠勤したことである。もう一つは、宣伝政策について予算が思うように取れず、これでは仕事ができないと云って会社の幹部に反省を促すために出社しないことだ。後者のほうだったらまだ判る。会社の為を思っての行動だから善意に解釈できる。だが、前者となるとまた問題が生じる。

今津は、それとなく社内の空気をさぐった。果して工藤宣伝部長の無断欠勤は社内にかなりのショックを与えていた。考えるのは誰も同じで、いろいろな想像説が行われていた。が、それははっきりしたものではなく、要するに真相はつかめなかった。

こんなときは下原をつかまえて訊くのが一ばんいいのだが、次長になって以来、下原は今津には目もくれない。以前、工藤の使いでヘラヘラ笑いながら誘いに来た下原とは人間が違ったようである。そんな下原をつかまえても彼が本当のことを云うはずもなし、また訊くのも業腹であった。

ところで、その下原宣伝部次長だが、最近、社内で見かける姿にもひどく落ちつきがない。廊下を歩いてもセカセカと前かがみに足を早め、顔をそむけて、社内の人間すら避けているように見える。以前は昂然と胸を張って次長の貫禄を殊更に見せたがる風があったが、今はうろたえた鼠のようにチョロチョロしている。工藤宣伝部長の無断欠勤を人一倍心配していることはたしかであった。彼は工藤の部下である。――宣伝部には何かが起ったのだ。

それだけではない。日ごろ、のんびりとした顔で社内を遊歩していた大山常務の姿があまり現われなくなった。ときどき見かけてもひどく心配そうな顔つきである。あんなきびしい表情の大山を今まで見たことがなかった。

次は島田専務だ。専務は常日頃から精力的な顔に目を光らし自信ありげな足どりで闊歩していたのだが、これも近ごろは心なしか前方を憂え気に見つめて歩いていた。前のように社内を睥睨《へいげい》しているようなところが消えた。こうなると、社内の空気も明らかに落ちつきを失いはじめた。

今津は、いつぞやお茶に誘った時の浅野の言葉を思い出した。今に社に何が起るか分らないと云った、あの予言めいた呟きである。

浅野は、このような事態になるのを、あのときから予想していたのだろうか。それとも、あれは浅野の云うように単なる予感だったのだろうか。浅野は、あの日、社の空気がどうも変だと云っていた。今津が何もそれを感じないときだった。

「浅野さん、あなたの予感が当りましたね」

と、今津はそっと浅野に云った。

「いや、ぼくはぼんやりと云ったんですが、悪いことを予言したようですな」

と、アマチュア考古学者は屈託なげに笑っていた。

「工藤宣伝部長がまだ無断欠勤をつづけているようですが、一体、どうしたんでしょうな。原因は何か分りませんか?」

工藤の欠勤はすでに一週間にもなっていた。

「さあ、ぼくなんかには分りませんよ。けど、人にはいろいろ感情の起伏がありますからね。工藤さんも虫の居どころの悪いときがあったのでしょう」

「しかし、無断欠勤は重大ですよ。本人は社を辞めるつもりでしょうか?」

あれほど栄光の道を歩いている工藤が、と今津は云いたかった。

「そんなことはないでしょう。工藤さんは社にとって必要な人間ですから」

この必要な人間という言葉で、今津は、なるほどと思った。社にとって重要な人間ほどわがままを云うものだ。だから工藤は無断欠勤したともいえる。これがほかの人間だったら、そんな勇気はなかろう。してみると工藤は、その無断欠勤でかえって男を上げたともいえそうである。それから考えると、島田専務の憂え気な顔や、大山常務の緊張した顔が思い出される。工藤宣伝部長は社から退めさせることので きない人材なのだ。

では、工藤は何で腹を立てて休んだのだろうか。まず考えられるのは待遇問題で ある。早く役員にしてくれとでも求めたのか、それとも月給、ボーナス、諸手当の 引上げを要求したのか。

問題の解決は、結局のところ杠社長が握っている。この会社は杠の独裁だ。しか し、今津のような下級社員たちが社長の顔を見るときといえば、たまたま玄関を出 入りするときいっしょになるとか、講堂で社長の訓示があるときだけである。

ところが、今津の場合は、その社史編纂の仕事から一回だけ特別な席に侍らして もらった。そのお蔭で小太郎と知合いになったのだが、あれ以来もうお座敷もかか ってこない。社長は、あれだけで今津に自分の一面を分らせたつもりでいるのかも しれない。今津は、この問題で社長がどのような顔色をしているかとんと分らなか った。

ある日、営業部の山本という社内の情報通をもって任じている男が今津のところ にやってきた。

「今津君、これを読んだか？」

山本はポケットから四つにたたんだ印刷物を出した。それは業界紙の一つだった。食品関係の業界紙は五、六種類ぐらい発行されている。山本が見せたのはその中でも権威のあるものとされている一つだった。それにトップで、

『東方食品の宣伝部に暗い影』

という見出しが大きく出ている。横に、

『工藤部長の去就注目さる』

とあった。今津は急いで中を読んだ。

「東方食品の宣伝部には、いま一抹の暗雲が漂っている。同社の宣伝部といえば、看板商品のキャメラミンを売出したことで業界にも大きく評価されてきたし、また最近はキャメラミンの宣伝大攻勢の展開で注目の的となっていた。

ところが、一ヵ月前から同社は、その契約していたBCD放送と東西放送のゴールデンアワーのスポンサーから下りてしまった。一応キャメラミンの宣伝の効果が上ったので一段落をつけたのだという同社幹部の説明であった。しかし、契約途中の中止だけに一部には奇異な思いをさせていたところ、今回、工藤部長が突然欠勤しはじめた。同社幹部は、同部長が近ごろ身体の調子が悪くなったので大事をとって静養を命じているると云っているが、これを公式な説明と受取る声も一部にあるよ

うだ。

本社の調査によれば、工藤部長にはべつに病気らしいところはなく、また疲労の様子も見えない。それに、この欠勤は何となく釈然としないものがあり、同社内にもさまざまな臆説が流れている。

この点から大山常務はもっぱら工藤部長の出社を慫慂《しようよう》しているが、未だにその期待どおりに運んでいないというのが真相らしい。

——工藤宣伝部長の話　べつに会社に不満があって休んでいるわけではない。長い間夢中になって働いていたので疲れが出てきたようだ。医者に診せたら、しばらく静養したほうがよかろうというので大事をとっているだけだ。これは社の幹部にも了解をとっている。一部では自分の欠勤が何か意味ありげに見られているそうだが、それは迷惑な話である。身体の調子がよくなったら、すぐにでも出社したいと思っている。その間に、ゴルフでもして身体をつくりたいと考えている」

業界紙の報道は、東方食品の社員たちに大きな衝動を与えた。

そうでなくても工藤宣伝部長の突然の欠勤は、前から奇異な感じで受取られていたのだ。業界紙の記事は、その欠勤の理由を大そう示唆的に書いている。

つまり、会社側では、工藤が疲れたのでしばらく静養させていると云い、工藤自身の話も、大体、それと辻褄を合わせている。しかし、その客観的な記事では、民放との契約途中でキャメラミンの宣伝が中止になったことと、彼の欠勤を結び合わせ、宣伝部には「一抹の暗雲が漂っている」としている。一抹の暗雲とは、近ごろ流行の「黒い霧」を臭《にお》わせるものがある。

もし、それを黒い霧とすれば、当然考えられるのは工藤宣伝部長の背任行為であろう。宣伝部はキャメラミンの大広告攻勢に莫大な予算を取って使っている。あるいは工藤部長が、その予算の中から私事に金を流用したということかもしれない。

もともと、各社の宣伝部と民放局との間には日ごろからとかくの噂があるのだ。

今津はそれを裏書きするようなことを工藤部長の上に垣間見ている。ナイトクラブでも料亭でも、工藤と附合っているのはＢＣＤの連中だった。

工藤は、主としてテレビの宣伝ではＢＣＤを使っていた。よく分らないが、他の民放数局をいっしょにしたものと半々の率ではなかろうか。ＢＣＤ局の連中が工藤を大事にするはずであった。

そんなところから工藤とＢＣＤ側の個人的な利益関係が生じることは極めて自然である。たとえば、水増しの請求だ。これをやや合理的にいえば、リベートを取るということである。実際は定価でスポンサー料を払い、その領収書を局から取るが、事実は割引値段しか払わない。差額が宣伝部長のポケットに入るというしくみである。民放の料金は高いだけに差額も大きい。殊にキャメラミンはゴールデンアワーを買切って最高の料金を払っていた。局のほうも、そんなことは百も承知で工藤部長の要求に応じていたのではないか。宣伝部長の機嫌を取っておくことが民放の商売のコツでもある。このナレ合いは、テレビ界では常識化していたし、他の業界でもよく見られるケースだ。

工藤がむくれて出勤しなくなったということには、その事実が分って社長に叱られたのかも分らぬ。工藤にすれば、自分はこの会社にどれだけ大きな功績を寄与しているか分らない。些少のことは大目に見てもかまわないではないかという気持があろう。とすれば恐れ入るどころか、逆に居直っているのかも分らぬ。工藤の強い性格からして、それは考えられそうだった。

とにかく真相は分らないながらも、社内はこの業界紙の報道で衝撃を受けていた。それが表向きに語られないだけに隠微の間に湧いている。執務中でも、食堂でも、廊下でも、ひそひそ話をする社員の姿が見かけられるようになった。

そんな動揺を重役陣が見逃すはずはなかった。業界紙の記事が出て、四、五日経ったころ、突然、各部長が所属部下を集めて、この問題で説明をはじめた。社長か副社長あたりが部長連に云いつけて、その計らいをさせたのであろう。

今津は社史編纂室だが、所属は総務部になっている。総務部の係が、その日の十二時に全員集合を回覧で報らせた。

十二時になると、部員たちは部長の机のぐるりに集り、立ったまま部長の話を聞くことになった。総務部は用度や秘書室も含んでいるので人間の数もわりと多い。今津は浅野といっしょに人のうしろに立っていた。

半白の総務部長が、いくらか憂鬱な面持でぼそぼそと話しだした。

「すでにみなさんもうすうすご存じと思いますが、先般来、業界紙が当社の社内事情について捏造《ねつぞう》記事を掲げました。これを読まれたみなさんはさぞご心配になったことと思います。さらに、あの業界紙の記事が同業の他社の間に大きなセンセーションを喚び、他社はまたそれぞれの立場から輪をかけて噂を立てているようでありいます。もちろん、この噂は、商売上自社を有利にしようという、多分に謀略的な意味から外部に流されているようであります。その話がみなさんの耳に入って、またよけいにご心痛になっていることと思います。……いま、それについて若干の説明を申上げます。実は、あの記事はある社が故意に業界紙に書かせたのであって、あのような事実は当社には絶対にないのです。ちょうど工藤宣伝部長が健康を害して休んだことを奇貨とし、あらぬ噂を立てようとしたわけです。まことに遺憾なことではありますが、目下、業界紙に対して厳重な抗議をしているわけであります。工藤宣伝部長は、かねてから腎臓を悪くして、静養を望んでいたのですが、ご承知のようにキャメラミンの大宣伝の際だし、休むことができなかったのです。ところが、その宣伝も大成功裡にひとまず終り、予期以上の成果を得たので、改めて静養を取ったわけです。したがって、工藤部長は社長に正式に休暇願を出しています。業界紙の伝えるような無断欠勤とか、あるいは何か含むところがあって勝手に休んでい

ると か、そういうような事実は絶対にございません。……そのようなわけでして、近ごろ、社内で、どうも、あの業界紙の記事にわざわいされて、社員諸君が落ちつかないようなところがある。これでは士気に関係するというので社長も懸念され、各部長より社員諸君に真相を説明してくれということでありましたので、総務部のみなさんにはわたしから簡単にお話するようなわけであります。なお、社長も、くれぐれも動揺しないように、畢竟は当社の隆盛をねたむ一部業者が業界紙をそそかしてこのような悪手段に出たのであるから、そのようなデマには迷わず、ますます他社との間に大きく水を開けるべく、努力されるようにということでありました。……ええと、何かご質問がありましたら、遠慮なく云って下さい。わたくしの知ってる限りのことはお答えします」

部長は語り終って、皆の顔を眺め回した。

さすがに部員の中でそれに質問をはさむ者はなかった。みんな厳粛な顔で聞いていた。部長は、では、これで、と云って散会した。

社員たちは、ちょうど正午だったので、それが済むと、ばたばたと食堂に行く者もあり、外に出る者もあった。三々五々に連れ立って出たところをみると、部長の話について感想を云い合うらしかった。みんな今度のことではひどく興味を持っている。

しかし、工藤部長の立場に同情する者は一人もなかった。日ごろから工藤のあたり憚らぬ言動に反撥を持っていたし、宣伝費として営業部とほとんど同じような予算をひとりで自由にしている彼に反感がある。

今津は、こういう問題ではほかの連中と話合いたくなかったので、無難な人物の浅野といっしょに外に出た。喫茶店に行き、トーストでも食べましょう、と云ったのは、昼飯を奢るつもりだった。浅野はいつものようににこにこ笑いながら彼と同行した。

社を出ると、今津は早速云い出した。

「浅野さん、今の部長の話をどう思いますか？」

これがほかの連中だったら何を思われるか分らないので、このように直接的には云えないが、浅野だったら気が軽い。ほかにつき合いのない浅野のことで、他人にしゃべられることもなかった。

「そうですな」

と、浅野は困ったときによくするように頭を片手で撫でながら、

「よく分りませんが、あの言葉の裏には、やっぱり何かありそうですね」

と、控え目ながら感想を述べた。

「そうでしょう。ぼくもそう思いますよ」

今津の言葉に力が入った。

「部長の話では、あの記事を捏造だと云っていますが、どうですかねえ。ぼくは全部ではなくとも半分以上は事実だと思うんですよ。やはり工藤さんが休んでいるのは無断欠勤だし、業界紙が載せている工藤さんの話も、それらしいことを含んでいるじゃありませんか。やっぱり、これには工藤さんの身辺に不祥事があったと思いますね」

「そうですね。工藤君の性格もあのように活動的だし、仕事が派手ですから、誤解を受ける面もあるけれど、やっぱりいくらかは何か咎められるようなものがあるんでしょうね」

「ぼくは浅野さんだから云うんですがね、ほら、いつかの晩、あなたとホテルの前で遇ったでしょう。あのときも近くのナイトクラブで工藤さんのご馳走になっていたんです。その際も民放の連中がわんさと来ていました。あの場からしても工藤さんはテレビ局の連中と密接な親しい関係にあるなと思いましたが、今度のことです ぐにそれを思いつきましたよ。工藤さんは眼から鼻に抜けるような利口な人ですから、万事抜かりはないと思います。あのときだってぼくを呼んだのは、工藤さんの変なカン違いだったんですからね。つまり、ぼくが仕事上社長に接近すると思って、逸早くぼくを自分の側につけようとしたんです」

今津は、話相手の気楽さに何でもしゃべる気になった。

「ほほう、そういうことがあったんですか」

と、浅野は思ったほど手ごたえはなく、無関心な調子で答えた。

「そうなんですよ。しかし、ぼくが社長の側近になれないと思って、すぐにそんなご馳走はやめになりましたがね。そうすると、今度は例のキャメラミンに対する批判がT大学から出たでしょう。そして、あの大学の当該講師がぼくの親戚だと知ると、今度はまた熱心に近づいてくるんですからね。つまり、その噂を否定する工作を相手に頼みたいから中継ぎをしてくれというんです。まあ、社のためとはいいながら、工藤さんは、そんなふうに利用できる相手ならまたぞろ平気で近づくといった割切った性格ですね」

「なるほどね。それは初耳ですな」

と、浅野の平板な手ごたえには変りはなかった。

その話は喫茶店に入ってからもつづいた。

「しかし、浅野さん、ちょっと変じゃありませんか。もしですよ、工藤さんに多少ともそういう不明朗な点があれば、社長はどうして工藤さんを譴責《けんせき》しないんですかね？」

「さあ、それはぼくにもよく分りませんね」

浅野はゆっくりトーストを千切りながら云ったが、唇には絶えず人のいい微笑が泛んでいた。

「そりゃぼくだってよく分りませんが」

と、今津も自分の云い過ぎを浅野の態度に倣《なら》って一応は内省したが、むろん、そんなことでは気がすまなかった。妙なもので、話相手がおしゃべりだとこっちのほうは消極的になるが、浅野の場合はどうしても逆の心理になってくる。いわば今津のほうが昂奮していた。

「まあ、譴責はともかくとしてですよ……」

と今津はつづけた。

「そういう噂があるのだったら、それを否定するためにも工藤さんに出勤を命じるべきですよ。部長の説明だと腎臓が悪いそうですが、それほど重体とも思えないようです。それだったら社の重役のほうで工藤さんに出社させなければならないし、工藤さん自身にしても社に出なければならない立場と思いましたね。それをしないというのはどういうことでしょう？」

「さあ、ちょっとおかしいですね」

浅野は積極的な意見を云わぬ。

「工藤さんがあのまま休みっぱなしでいるんじゃや、こりゃどんなに釈明しても疑惑は解けませんよ。社内の連中にしたってそうですからね」

「あなたの云われる通りかも分りません」

「それに、工藤さんが休むようになってから、部長側近の下原さんはひどく深刻な顔をしてるじゃありませんか。奴さんはこの前次長になったばかりで大得意でしたが、今や悄気《しょげ》きってますよ。それだって今度のことに無関係とはいえないでしょう。まあ、今度のことというのは、ぼくはやはり工藤さんと民放との間に不純な金銭関係があったと思うんです。それが上のほうに分って、こんな状態になったと考えます。そのことを業界紙の記者が嗅ぎつけて、あんな記事になったんでしょうね。しかし、あれだってずいぶん遠慮した書き方じゃありませんか。部長は厳重に抗議していると云っていましたが、むしろ業界紙は注意深い配慮を払っていると思います。……ねえ、浅野さん、そう思いませんか？」

「そうですな。そうおっしゃれば、だいぶん意味深長な書き方ですね」

「そうですよ。絶対にそうだと思います。……しかし、よく工藤さんの秘密が分ったもんですね。どうしてそれが露顕したんでしょうね？　今ごろは経理検査の時期でもないし……」

「さあ、そのへんはぼくなんかさっぱり不案内です」

浅野は、頭の真ん中に一ばん長く残っている毛を指の先でつまみながら云った。

「頭のいい工藤さんのことだからボロを出さないようにしていたと思うんですが、どこで上手の手から水が洩れたんでしょうね？　それと、その事実を重役に秘かに報らせた人間もあると思います。あるいは社長に直接かも分りませんがね」

「さあ、それはどうでしょうか。社員の中にそんな人がいますかね？」

と、浅野は人間の善意を信じているようであった。

「ぼくの推量ですから、もちろん、当っているかどうかは分りません。しかし、その報告を受けた重役さんはさぞかしあわてたと思いますよ。宣伝の担当役員は誰でしたっけ？」

「そりゃ、大山常務でしょうな」

「大山さんですか。大山さんも善良な人だけに気の毒ですね」

今津は、そんな話を長々として、思わず社に戻るのが遅くなった。ところが、他の課でもまだ戻ってきてないのが相当いた。やはり同じ話題に花を咲かせていたのであろう。

今津の日記。

《近ごろ、テレビ関係者がしきりと社にやってきては社長と会っている。問題の人、工藤宣伝部長は未だに出勤していない。民放の偉い人がしきりと社長を訪問していることといい、何だか奇妙な空気である。この前の総務部長の一片の釈明では社員間の疑問は解けないだけでなく、かえって、あれを一種の言訳とうけとり、逆効果になっているようだ。一体、何が起ったのか。やはり自分の推察したようにテレビ局との金銭関係に違いない。これは社員連中のおおかたの意見が一致しているところだ。

また、役員会議がふだんよりは多く持たれているようである。表面は営業対策や製品関係の打合せのようだが、工藤問題に関係があることは間違いはない。社内も何となく湿っぽい。問題が不明朗なので余計に疑心暗鬼を生じているようだ。

その後、業界紙を気をつけて見たが、あの問題の記事は消えてしまっている。おそらく、会社から手を打って掲載を止めさせているのだろう。これにも相当金を使っていると思われる。続報がないというのがかえって怪しい。訂正記事も何も出ないのである。

昨日だったか、ちょうど食後の散歩に出て社に戻ったところ、玄関で宣伝部次長の下原と出遇った。下原は外出するところだったが、例によってぼくを避けるように忙しそうにすれ違おうとしたから、自分は、下原さん、と云って呼び止めた。

呼ばれたので下原は当惑そうな顔で立停ったが、以前の因縁があるので彼もむげには通り過ぎができなかったようである。何ですか、と彼がきくから、自分は、工藤部長の病気はどうなんですか、とわざと訊ねてみた。だいぶんいいようだが、まだ医者から出勤を止められていますよ、と彼は通りいっぺんなことを云って逃げようとするので、また引止め、そんなに悪いのですか、悪かったら、ぼくも前にいろいろとお世話になったことだし、一度見舞に上りたい、と云ってやった。

下原はうろたえて、いや、面会謝絶です、と大げさなことを云った。しかし、この前の業界紙の記事では、大した病気でもないような話を工藤部長がしているようだが、と云うと、いや、あれは業界紙の勝手な記事です、あんなものは全く捏造で、君も総務部長から説明を聞いたでしょう、と下原は逆襲してきた。

自分はそれは聞いたけれど信用できないとは云えないから、総務部長の話では、工藤さんがそんなに重体だとは云っていませんでしたよ、と云い返した。とにかく面会謝絶です、会社との連絡はぼくがやるだけですよ、と下原は云って自分を振切るように向うに急ぎ足で行った。彼の様子からしてもやはり何かがありそうだ。

下原は工藤氏の腰巾着だから、今度の一件も彼に関係がないとはいえないのだ。工藤氏が民放とどんな腐れ縁を持っていたか、いちばんよく知っているのは彼である。彼も工藤部長のお相伴で、やはりいいことをしていたに違いない。

その証拠に、もし工藤氏が部長の席を退けば下原にとっては有利なはずである。彼はこの前に次長になったばかりなので、すぐに部長の椅子にはつけないだろうが、別な人があとを襲っても、宣伝部の仕事に馴れている下原は人間的には嫌な奴だが、実力があるので彼としては有利な立場になるわけだ。むしろ喜ばなければならない。それが全く逆なのである。

もっとも、他人の不幸をあからさまに喜ぶと思われては彼としても困るので悲痛なふりをしているのかもしれないが、それにしてもカモフラージュだとどこかで本心が見えているものである。下原の場合、もともとオッチョコチョイだから、そんなに深謀遠慮があるはずはなく、喜怒哀楽を表わすほうだ。笑いを嚙み殺して悲しそうな顔をするという芸当は、彼にはそう長つづきはできない。しかし、彼の様子は、どうみても今の悲痛な表情が本心からのようである。とすれば、彼の心配は、工藤氏の失脚につづいて自分の立場も危ないという不安からではなかろうか。

しかし、工藤氏のお蔭で吉村教室が出したキャメラミン批判の影響はすっかり消えてしまった。会社としては、商品の悪い噂を根絶する大宣伝を開始して、相当な金は使ったに違いないが、このような良結果になったのは工藤の手腕で、工藤には大きな功績がある。

他の業界の商品で、マスコミの槍玉にあげられ、社の業績が一挙に下ったという例は今日少しも珍しくないのだ。ある業種では、たった二回ほどの新聞報道で商品が売れず何十億円の赤字が出たし、また、ある会社の商品は、それまで破竹の勢いの伸び方だったのが新聞記事一つで途端に挫折し、ワンマンと云われ、優秀な経営者と云われていた社長が、今では家屋敷まで人手に渡し、本社も田舎に移したという実例もある。最近のマスコミは全く魔術的な偉力を持っている。

キャメラミンの場合、例のT大の報告でそれと同じ危機がなかったとはいえない。購買者の心理はまことに微妙で、ちょっとした不信感が予想外のひろがりと深さを持ち、その商品に徹底的な打撃を与える。こう考えるなら、キャメラミンを防衛した工藤の功績は杠《ゆずりは》社長も認めていると思う。

そう考えるなら、工藤が少しばかり民放からリベートを取ったところで不問にしていいのではないか。それを業界紙に書かれるほど工藤に対してきびしい叱責があったとすれば、社長も少し思慮が足りなかったといえる。なぜなら、工藤氏が自己の実績を自負して居直っているようだからだ……》

工藤宣伝部長が欠勤しはじめて三週間経った。

事態の真相はまだよく分らなかった。社内の空気からすると、大体、今津の想像した通りだが、全く反対の観測もあった。それは工藤が社に対して待遇上の大きな要求を出し、その妥協がつかないために休んでいるというのである。

工藤の大きな要求というのは、工藤が自分の功績に対して地位の昇格と、給料、ボーナスの増額を社長に要求したというのだ。

「なにしろ、工藤さんのような切れ者はいないからね。宣伝のベテランとしてはほとんど天才的といわれている。だからさ、工藤さんが強気に社長にそれを要求するのは、その自信と同時にほかからスカウトされているからだよ」

社内には事情通が必ず何人かはいる。今津に話してくれたのも、その一人であった。

「スカウトだって？」

「そうなんだ。ほら、A製菓さ。あそこがこっそり口説き落したらしい。待遇もずいぶんいいそうだ。そういうのがあるから工藤さんもどっかり腰を据えているんだよ。こっちの話が決まらない以上、形式上は無断欠勤をしているんだ」

話を聞いてみると、それも考えられないことではなかった。すると、これまで考えていた想像とは逆である。

「社長もそれで困っているという話だよ。いくら工藤さんが宣伝の鬼才といったところで、やはり社内の人事の振合いがあるからね、工藤さんだけを別格扱いにするわけにはいかない。といって社長も、それじゃ、よろしい、どうぞお辞め下さい、とも云えない。工藤さんがA製菓にでも行って競争相手に回ったら、こりゃショックだからね。見渡したところ、社内に工藤さんを継ぐ者はいない。そういうことで重役会議が何回も開かれているんだよ。これはもう間違いはない。秘書課の或る人から確実な情報として聞いている」

今津はうなった。

なるほど、この話を聞いてみればうなずけるところがある。

工藤部長の功績は今津も認めているところだから、話に納得性があった。それに、工藤の強い性格を考えると、ありそうなことではある。

だいたい、日本のサラリーマンは個人的には勇気がなく、自己の力量に自信をもって堂々と給料やボーナスの値上げを社長や重役に要求するものは居ないのだ。外国にはそういう社員がいるとよく聞いているが、工藤が実際にその要求を出して社を休んでいるとしたら、まったく見上げた男といわねばならない。

もっとも、彼には、東方食品をやめてもすぐに好条件の就職先があるから、そんな強気に出られるのであろう。退職してもあとが困るような状態では、いくら工藤でもそんなことはできない。

人間、やっぱり腕がよくなければ駄目だ。今津は太い息を吐いた。工藤の性格は好きでないが、その点ではうらやましかった。

しかし、噂というのは当てにならないもので、工藤が民放の料金を水増しさせて懐に入れていたとか、リベートをとっていたとかして、それが露見してこんな事態になったと云い合っていたが、これでは全く逆な話ではないか。

いったい、どっちが本当なのか。今津も半信半疑で迷っていると、その翌日の午後三時ごろだった。

文書部員が社内掲示板に辞令のプリントを貼りつけにきた。辞令というとみんな眼を輝かせ、すぐさま机をはなれてのぞきにくる。

このときも、たちまち十二、三人が集ったが、その一枚のプリントを見て、異様な声をあげた。

辞令の人事異動はたった一人だった。

宣伝部長　工藤　稔

願ニ依リ退社

役　員　大山専造

宣伝部長事務取扱ヲ命ズ

居坐り

今津の日記。

《工藤宣伝部長の依願退社の辞令が正式に出たことは、社内に衝動を与えた。

もっとも、最近の工藤の態度からして、早晩彼が社を辞めざるを得ないことはうすうす分っていたが、はっきりと正式な辞令が出たとなれば、また受取方は別なものとなる。工藤は東方食品にとって大なる功労者の一人だ。キャメラミンが今日まで伸びたのは、一に工藤の宣伝政策によることは衆目の見るところである。

工藤は日ごろから云っていた。アメリカでは宣伝戦術が高度に発達していて、ときにはそれが世論をつくり出すことさえある、さらに秀れた宣伝マンは一国の政策をも変更することさえあると述べて、その実例をまくし立てていた。わが国でも、例のイメージ選挙での華やかなもてはやされぶりを見るまでもなく、今や宣伝は近代謀略戦の花形だが、商業宣伝も産業界の謀略を受持って政府の施策さえ左右するというのである。

こんな大風呂敷をひろげてもおかしくないほど工藤はキャメラミンを世にひろめた男である。製品そのものは正直に云って大したものではない。いや、かえって吉村が批判したように質的な面ではマイナスがあるのかもしれない。販売政策もいわば工藤の宣伝力のあとを追ったようなもので、キャメラミンは一にも二にも宣伝によって成功したのである。いや、工藤は、杠《ゆずりは》社長がほうぼうでブッている談話や講演も自分が陰で制作していると云い、社長の経営学的な著書も自分たちが代筆しているのだと広言していた。これはすでに社の内外に公然の秘密となっている。

社長がどのような場所で講演をすれば効果があるか、また、その時期はどのようなときが最適か、そんなことまで細心な作戦を立てていると云っていた。これはおそらく当っているだろう。杠社長の性格からして、そのような緻密な計算が行届いているとは思えないからである。してみると、工藤は単にキャメラミンを売出した功績者だけでなく、社長の社外的な発言のプロデューサーであり、プロモーターでもあったわけだ。

その工藤がいよいよ依願退社となった。依願退社といっても、これには処罰的な意味があることは誰にも分っている。この前から工藤が社をずっと休んでいたのも、彼がその膨大な宣伝予算の何割かを着服しているという推定は、もはや、社内では定説となっていた。いや、社内だけではない。社外ではもっぱらこの説が行われているのである。社内よりも社外のほうが、こうした事情をよく知っている。社内の噂も、その多くは社外から輸入したものが多い。当然のことに、下っ端の社員には雲の上の事情は分らないのだ。

それにしても、杠社長はよくも工藤を斬ったものだ。彼は社員によく訓示していたが、その中で工藤の業績を称讃したことは一再でなかった。これからの企業は頭脳作戦だと云い、その好例として工藤を見本にしていた。工藤にもつまずきはあったが、杠社長はもう少しそれをカバーしてやれなかったものだろうか。

これに対して社内では二つの見方があった。一つは、すでに工藤の敷いた宣伝策は定着した路線となっているので、もはや、彼が居なくても支障はない、という理由である。さらにそれを強調する者は、工藤のアイデアもすでに古くなっていて、これ以上彼に期待ができない、むしろ今後はもっと若手の頭脳を必要とするので、かえって工藤の存在はその妨げとなったというのである。

もう一つの意見は、工藤はあまりにも自惚《うぬぼ》れすぎた、自負が勝った。これが社の幹部の反感を呼んだ。のみならず、工藤が重役を望んでいる露骨な野心は現役員間に反撥を起させ、ひいては幹部に工藤排斥の声があがっていた、というのである。何よりも社内の和を考える社長が、そのことを念頭に置かぬはずはない。宣伝費の使い込み金額は東方食品の総予算からいってわずかなものだし、また、たとえ、それが工藤の落度とはいっても、社長に実際に工藤を援護する気があれば、完全に彼を救えたはずだというのである。ワンマン社長だから出来ぬはずはなかろう。それをしなかったのは、すなわち、工藤のわがままが杠社長の眼に余っていたという想像だ。

それには、宣伝費の使い込みは何といっても社費の横領だから、それがある程度噂になってしまった以上、規律の手前、彼に詰腹を切らせる以外になかった。同情的にみれば、いわゆる泣いて馬謖《ばしょく》を斬るという言葉が、あるいは当てはまるかも分らない。一部では、工藤は事実上の解雇だが、依願退社という体裁にして相当な退職金を出したといわれている。つまり、工藤の過去の功績に報いたわけだが、一方では、工藤は相当社の内情を詳しく知っているので、杠社長が口封じをしたともいっている。

とにかく、近ごろ、工藤の退社ほど社内に衝撃を与えたことはなかった。

大山常務の宣伝部長事務取扱は単なる形式で、後任者が決るまでの暫定措置だ。

大山常務はもともと宣伝担当だったから、これは当然である。ただ、彼がどの程度工藤の横領を知っていたかどうかだが、大山常務は社長の腰巾着で、さながら高級幇間《たいこもち》の観があるので、宣伝のことはいっさい工藤に任せきりであった。いわば無能重役の見本のようなものだ。ぼんやりした大山常務では、工藤もさぞかし得手勝手なことをしたに違いない。工藤の退社で東方食品が主として使っていた民放も打撃を受けるだろう。》

今津が、こんな日記を書いて四、五日経った。

会社に行くと、おどろいたことに工藤がちゃんと宣伝部長の机に坐っているという話だった。

「それ、本当ですか？」

と、今津は思わずわが耳を疑った。はじめは工藤が残務整理のために出社していると思ったのだが、彼に伝えた者は、そんな様子では決してないと云った。

「あの態度では、宣伝部長に居坐るつもりですよ。ちゃんと次長の下原さんなんかに仕事を指示していますからね」

「そんなことが考えられますかな。だって正式に辞令が出たことでしょう」

その辞令の写しはすでに掲示板から消えている。もっとも、辞令の貼り出しは発表日から三日間くらいであった。

「何かの間違いじゃないですかね。たとえ、工藤さんが頑張ろうとしても、社長や重役が承知しないでしょう」

「それがですよ、工藤さんはどこ吹く風かといった態度で、平気なもんです。悠然と今までどおりの仕事にとりかかっていますからね。残務整理など、とんでもない。かえって仕事をつくっているようです」

社内は、この奇現象にみんな異常な関心を寄せていた。なかには、わざわざ用事をつくって、宣伝部をのぞきに行くものがいる。間違いなく工藤部長は現職の仕事をしているというのであった。

「しかし、それも今日あたりまでかもしれませんね。工藤さんは鼻っ柱が強いから、人前では悄気たところを見せたくなかったんでしょう。仕事をしているようでも、実は、それに見せかけての残務整理や事務引継ぎではないですかね」

今津は云った。

「いや、われわれもそう思ったんだが、どうもそうでもないらしい。これは宣伝部の連中がこっそり打明けてくれたから間違いないです」

事実、その通り、翌日も工藤はちゃんと出社していたのである。しかも、定時よりは二時間も遅れて悠々と入ってきた。みんなの奇異な眼などは意に介さず、その顔には泰然たる微笑さえ泛んでいた。

工藤は、その翌日も翌々日も出社してくる。むろん、バリバリと仕事をやってのけるのだ。こんな奇態なことはなかった。重役で誰一人として工藤に文句をつけるものはなかった。ふしぎなのは杠社長で、あのやかましい男が沈黙しているのである。

「浅野さん、これは一体どういうことですか？」

と、今津は昼の茶に喫茶店へ誘い込んだ浅野に訊いた。この疑問を浅野が明確に解いてくれるとは思わなかったが、まず世間話のつもりである。うっかり他の人間にしゃべると、どこでどういうふうに誤解されるか分らない。浅野なら安全で、また他人《ひと》の話など聞かしてくれるかも分らなかった。

「さあ、どうですかね」

と、浅野はうすい髪の毛を指でつまみながら云った。困ったときにする独特のしぐさである。

「わたしはよく分らないが、工藤さんはああいう人ですから、思い切って居直っているんじゃないですかね」

「居直る？」

今津はおどろいた。浅野のおとなしい口から穏やかでない言葉が出たのは意外だった。

「居直るというのは何ですか？　工藤さんが自分の功績を誇示して、辞めさせられる理由《わけ》はないと云ってごねているんですか？」

「それもあるでしょうが、それだけではないでしょうな。やっぱり問題は金でしょう」

「金？　金を使い込んだのは工藤さんじゃありませんか？」

「いやいや、今津さん、金の問題はなかなか微妙ですよ。わたしはそう思いますな。いや、それ以上のことは分りませんがね」

この浅野の謎のような言葉は、やがて新しい噂を聞いて今津にはじめて解けた。

噂は、こういうのである。

――工藤は、たしかに莫大な宣伝予算の中から相当な金額を自分のものにした。それは各広告媒体に対して公然とリベートを要求したり、また水増し請求でその差額を自分のポケットに収めただけではない。空伝票を濫発して横領したというのである。

ところが、空伝票の決済は宣伝担当の大山常務がすることになっている。いくら工藤でも常務の決済印がないと経理から金を出すことができない。ここに大山常務を懐柔して、両者の共謀による横領説が成立するのである。

つまり、工藤に云わせると、社の金を横領したように見えるのは自分の不徳だが、宣伝活動には他人には分らない費用がかかる。いちいち伝票面に記載できない出費がある。それも宣伝政策の一つで、殊に他社に知れてはならないためには極秘作戦も不可欠である。外面では自分のポケットに入れているように見えるが、実際は社のために秘匿した費用が含まれているという。これだけだったら工藤の弁解はあるいは納得できるかもしれないが、彼の横領した金額はあまりにも多すぎた。そこで、工藤は公然と着服の事実を云うのである。

だが、と彼は云っているそうである。だが、それは自分だけではない。大山常務もいっしょに社の金を私している。自分の場合は宣伝作戦上、公私の別がはっきりしない点があるが、大山常務の場合は実務にたずさわっていないので、これは明らかに計画的な横領だという。したがって、自分が横領したと見られている金の中には、実は大山のほうに行ったのが相当な率だという。したがって、なにも自分だけが退職を逼《せま》られる理由《わけ》はない。自分が辞めるなら大山常務も辞めなければならない。常務がその金をどこにどう使ったかは自分もよく知っている。と工藤は明瞭に他人にそう語っているそうである。

これが噂の語るところであった。

この噂と、浅野がチラリと云ったことが妙に符合した。今津は、考古学ばかり熱中して世俗的なこととは絶縁している浅野が、案外にも鋭い感覚を持っていると感心した。

そこで、その噂を聞いたあと、もう一度浅野の意見を叩いてみた。

「どうも弱りますな」

と、浅野はにこにこ笑いながら、うすい髪を困ったように指でつまみ上げ、

「その噂は本当かもしれませんな。いや、工藤さんのように気の強い人なら、大山さんをいっしょに抱き込んで沈もうという気持になるかも分りませんよ。とてもぼくらのように気の弱い者にはできない芸当ですね」

と云った。

「そうすると、大山さんも社の金を使い込んでいるんですかね?」

今津は、おとなしい大山常務の顔を泛べた。信じられないという眼を見せた。

「さあ、噂のことは軽々しく本当だとも嘘だとも云えませんがね、工藤さんがそんなふうに頑張っているなら、まんざら根も葉もないことじゃないかも分りません。けど、社の機密費というのは微妙な性格を持っていますからね、工藤さんが云いがかりをつけたと云えば、それまでかも分りません」

今津の日記。

《小太郎から電話の呼び出しがあった。ぜひ耳に入れておきたいことがあるというのだ。

その一言で、いま社内で問題となっている工藤宣伝部長に関係のあることだと分ったので、自分はすぐさま社を出た。勤務中だが、浅野さんには、社史の材料を収集するために図書館に行ってくると言訳をした。

午後二時過ぎの喫茶店は空《す》いていた。小太郎は、今日は着物で来ている。その板についた着こなしと、色や柄を見れば、普通の若い女性でないことは誰の目にも分る。小太郎はお稽古の帰りだといっていた。話しながらも、ほかの者の視線がチラチラと来て困った。だが、彼女の話を聞いているうちに、そんな気遣いもどこかに消し飛んでしまった。

小太郎の話は、こうである。

一昨日の晩のことだ。呼ばれた座敷が杠社長と大山常務の二人きりの席だった。そこには、いつも呼ばれているグループが四、五人いた。そのときの雰囲気からすると、どうやら二人だけの話合いが済んで、酒になって間もなくのようであった。

ふだんと違うのは、杠社長がどことなく浮かぬ顔をしているのに、大山常務のほうはひとり燥《はしゃ》いでいた。

「今夜は社長は少し憂鬱そうだから、みんなで慰めてあげてくれ」

と、大山常務は女たちに云っている。それだけだったら、いつもの社長の幇間《たいこもち》のような大山と変らないが、小太郎の感じでは、どうやら大山常務がかえって杠社長を招待し、実際に社長を慰安しているといったように映った。珍しいことだと思った。

自分はその話を聞いて、大山が例の問題でしくじりそうになったので、杠社長のご機嫌をとり結んでいるのかと考えた。もし、大山が工藤といっしょに社費を横領しているなら、当然彼は謹慎しなければならないのだ。それが社長といっしょに料亭で呑む。いくら竹馬の友でも普通の場合と違うので、あり得ないことだと思った。

したがって、大山がいつも社長のお供をして来ていたのを利用し、ここでご機嫌を直してもらおうと努めているのだと想像したのである。

大山常務は夜の実力者とも蔭口されている。彼は過去に社長の女をとり持ったことがあるし、また万事社の内外にボロの出ないように取計らってきている。大山は、そういう意味で社長の弱点を握っているのだ。社長としても幼友だちというだけでなく、そうした面であまり大山には強く出られないのではなかろうか。

そこを大山が見込んで、その宴席の懐柔となったとも思われるのだ。

ところが、小太郎の話は意外なところにつづく。

そんな具合にして二時間近く経ったころ、料理屋の女中が急いで社長の傍にくると、何やら耳打ちをした。

「それはいかん。今夜は会えないと云ってくれ」

と、杠社長は少しあわてたような顔で女中に云った。

そこにいる女たちは、客の事情は見て見ぬ振りをするのがエチケットなので、小太郎も内心好奇心を持ちながらも知らぬ顔をして、それとなく杠社長の様子を見ていた。社長はそわそわと落ちつかず、大山常務に何やらもの云いたげであったが、そこは女たちの手前躊躇していた。

女中が二度目にまた急いで来て、社長に小声で告げた。

杠社長は、

「どうしても駄目だと云ってくれ」

と、女中を追返したが、女中のほうは困った顔をしている。

社長はちょっと考えていたが、向い側の常務を、

「大山君」

と呼んだ。

「はあ」

「ちょっとこっちへ」

大山が杠社長の傍に行くと、社長は大山に低い声でささやいた。

大山の顔色が変った。彼は今までの様子とは打って変り、すっかり狼狽して、

「じゃ、ぼくは少し酔ったから、あっちで……」

などと云いながら、あわてて席を起《た》った。

その場の空気が異常なので女たちもしゅんとなっていると、やがて襖の向うから
ドタドタと、こうした料亭には似つかわしくない足音が聞えた。

襖を開けて入ってきたのは工藤部長だった。顔を真赧にして足もとが危ない。そ
のうしろを、さっきの女中がハラハラしながら従《つ》いてきていた。

工藤は一座をジロリと見回すと、つかつかと社長の傍にくるなり、隣にどっかと坐った。杠社長はふいの闖入《ちんにゅう》に度を失った顔で、眼をキョロキョロさせていた。芸者の一人が座蒲団を工藤に当てようとすると、彼はそんなものは手で押し除《の》け、

「社長」

と、大きな声で呼んだ。

「うん?」

杠社長は皺だらけの顔にうさん臭そうな眼をした。しかし、あきらかに当惑していた。相手は酔っている。叱れば座が白ける。誰かが気を利かして、早く工藤を座敷から連れ出してくれないかな、という表情でいた。

だが、工藤は以前にこの料亭に杠社長のお供で来たことがあるし、芸者たちも工藤とはよく知っている。いくら社長が困じ顔でも、坐ったばかりの工藤を連れ出す工夫はつかなかった。大山があわてて座を外したことも異様で、客扱いのうまい妓たちも気を呑まれた恰好であった。

「社長」

工藤はもう一度強く呼びかけた。両肩を張り、あぐらをかいている。

「…………」

「いま、ここに大山常務がいたでしょう？」

「いや……」

杠社長は、むずかしい顔で盃をとろうとしていたが、それは妓たちの手前、テレかくしにみえた。

「そんなはずはありません。たしかにいたはずです」

工藤は断乎として云った。

「いや、今夜はおれがひとりで来ているんだ」

社長は弱い声を出した。

「社長、お隠しになっても駄目です。ぼくは大山さんと今夜対決したいのです」

「君、それは困る」

「いや、対決というのはとり消します。話合いたいのです」

「しかし、本人は」

「いないとおっしゃるんですか。だが、ぼくは、この家の女中に、たしかに大山さんが来ていると聞きましたよ」

このとき、見かねた老妓が杠に助け舟を出した。

「あら、大山さんはちょっとお見えになったけれど、もう、お帰りになったわ。ねえ、みんな」

と、ほかの女たちを見回した。みんなは急いで強くうなずいた。

「そうか」

工藤は真赧になった眼で真向いの大山の空いた席をジロリと見ていたが、突然、ニヤリと笑った。

「社長は大山さんと幼友だちですが、社長、大山さんにはあんまり気を許してはいけませんよ」

と、杠のほうに向った。

こと面倒と思ったか杠社長は黙ってうなずいている。額には深い皺があった。無礼な社員の闖入を怒っているようでもあり、何かの苦痛に耐えているようでもあった。

――この話を小太郎から聞いて、自分は不可解な気持になった。工藤は社の金を横領したということで退社処分になっている。その彼が堂々と出社していることさえ異常なのに、今度は社長の宴席に乗り込んで大山との対決を望んだというのだ。大山と工藤とは噂通りだとすれば、一つ穴の貉《むじな》だ。工藤は、自分だけ退社させられるはずはない、大山常務が辞めない限り自分も出ると云って、職場に毎日来ている。それを杠社長以下重役はどうすることもできないばかりか、工藤に宴席へ乗り込まれても社長は彼を叱ることさえできない。

これは、一体、どうしたことであろう。》

その後のこと

——私のところにくる今津章一君という、ある雑誌社の編集者がいる。三十四、五だが、ほっそりとした身体で、頰をいつも子供のように紅くしている人である。髪を額に垂らしたような感じで、眼鏡をかけているが、その顔つきはふた昔も前の、ある流行歌手に似ていた。いつもニコニコしていて、こちらがどんな無理を云っても
イヤな顔をしたことがない。

他の編集者と違って、彼は途中から雑誌社に入ったので、それまでは、なんでも食品会社に勤めていたということだった。

ある日、彼と応接間で話しているうちに、ふと彼の前の勤め先をきいたとき、今津君は、やはり微笑しながら、

「キャメラミンの会社ですよ」

と云った。

「キャメラミン？　二、三年前まではテレビや新聞広告で派手に宣伝していた、あのキャメラミンかね？」

私の問い返しに、今津君は、そうだと答えた。こちらが奇異な顔をしていても、べつに彼は何の反応も示さなかった。

「キャメラミンというのは急にいけなくなったそうだね。なんでも、社内で、社長の寵をめぐって、幹部連が複雑怪奇な権力争いを繰り広げたとかいう話を聞いたことがあるな。それに、内憂をかかえている間に、金を使って必死に抑えていたある大学のキャメラミン分析結果を、結局、有力競争会社の工作で新聞に素っ破抜かれたらしいね。以来、支持派の学者や、キャメラミン非難派学者の論争が報じられたりして売れ行きがパタリと止まったということだが、そうかね？」

その日は私も時間的に余裕があったので、かなりゆっくりした気持でいた。

「そうなんです。その東方食品株式会社というのがぼくのいた会社です。悪い評判がたってから、八億円もかけて実施した大宣伝のおかげで売り上げは急上昇したのですが、やっぱりだめでした。いま考えると最後のあがきだったんです」

今津君はうなずいた。キャメラミンのいきさつは、私もほかの雑誌でチラリと読んだ記憶がある。

「キャメラミンといえば、一時は全盛だったが、新聞の報道というのは怖いものだね。大事業がいっぺんにいけなくなったというのはやはりマスコミの魔力かな。で、今でもその東方食品という会社はあるのかね？」

「あります。Sのほうに立派な工場がありましたが、それも売払って、今ではずっと田舎に引込み、三分の一くらいの規模で、まあ、バラックみたいな工場が出来ています。それに事務所も入っているんです」

「事務所は、はじめから工場と一緒ではなかったんだろう？」

「東方食品の本社は日本橋のほうにありました。立派なビルでしたが、それも債権者の手に渡って、今いったような次第です。人員も十分の一に縮小され、ぼくもその整理の組に入ったのです」

「で、いま、キャメラミンは造っていないのかね？」

「そんなものはとっくに止《や》めています。今はあまり名も知れていない商品を細々とやっていますよ」

「キャメラミンは、ひところ、一世を風靡《ふうび》したほどの勢いだったね。新聞にはつづけざまに大きな広告が出るし、テレビにも始終いい番組のスポンサーで名前が出ていた。イヤでもあの名前はおぼえていたものだがね。ところで、社長はたしか杠《ゆずりは》という人だったが」

「そうです。杠忠造です。あのころは経営者ブームで、よくマスコミにもとり上げられていましたよ」

「そうだったな。一代であれだけの会社をつくり上げたというところから称讃されていたね。たしか『経営者十傑』というような本にも名前があったような気がするが」

「よくおぼえていらっしゃいますね。実は、あの本には強い印象があるんです。そのころ、ぼくはあの会社に入って、社史の編纂を受持たされましてね。社史といっても社長の立志伝みたいなものですが、ああいう文章にしなければいけないと云われたものです」

「それで、社史を書いたのかね？」

「途中まででした」

「それは君にも杠さんにも気の毒だったわけだな。しかし、われわれは素人で分らないが、あれほど売出したキャメラミンが、そんな運命になろうとは想像もつかなかったね。やはり商売というものは怕《こわ》いものだ。杠さんは今、どうしている？」

「今は社長というのは名ばかりで、杠忠造さんはほとんど会社に来てないそうです。

養子もいたのですが、亡くなって、甥というのが専務になってやっているということですが、たいしたことはありません。杠さんは、多摩川沿いの豪壮な邸も人手に渡し、腰越の別荘も売払って、今では建売住宅にちょっと毛の生えたような小さい家に蟄居《ちっきょ》されています。人の話だと、すっかり老いこんでしまって弱っているそうですが。……キャメラミンはあれだけ新聞で叩くほどインチキではなかったんですが、宣伝が大きかっただけに急に信用をなくしてしまったんですね。ぼくもあの会社にいて面白い経験をしました」

その面白い経験というところから、私は今津君にいろいろと聞いてみた。今津君も話をした。だが、彼は途中で話を切ると、自分から、

「ぼくがここでそんなことを云っているよりも、そのとき、ぼくのつけた日記みたいな手記があるんです。もし興味がおありのようでしたら、そのノートをお目にかけましょうか」

と云ってくれた。

私が今津章一君に借りたノートから、これまでのところをこの小説にして書いてきたのである。

しかし、ノートは途中までしか書いてない。つまり、この小説が途中までだった

ように、その時点で空白になっているのである。

「何故、このあとをノートにとってないの？」

私は翌月、原稿をとりにきた今津君にきいた。

「それどころではなくなったんです」

今津君は云った。

「それどころではない？　ははあ、会社の危機が迫って、書く暇がなかったというわけかね？」

「そうじゃありません。会社の危機も危機でしたが。ぼくにはもっと重大なことがありました。一身上の、そっちのことが大事になったので、日記を別にしたのです。それでこのノートには書くのをやめたのです」

私は、今津君の顔を見つめた。

「ははあ、分った。君は、その小太郎さんという若い芸者さんと恋愛をはじめたのだね？」

「はあ、実はそうなんです。それがいまの女房です」

今津君は、やはりニコニコして答えた。同じような微笑がつづくと、ものに動じないといった印象になる。

「それは、おめでとう」

「ありがとうございます」

淡白なものだった。

「それじゃ、仕方がないから、ノートの空白の部分は君の口から聞かして欲しいね。ぼくには、このつづきに興味がある。いろいろな疑問があるのでね」

「きいて下さい」

「まず、キャメラミンが宣伝どおりの効果がないだけでなく、粗悪品であるという大学の例の報告論文がきっかけで、それから東方食品はいけなくなったわけだが、あれはやはり君の親戚の吉村さんが資料を出したのかね。東方食品は、それが新聞なんかに出ないようにずいぶん工作していたはずだが？」

「吉村が直接出さなくても助手あたりが知っていますからね。そこになると防ぎようはありません。たとえば、競争会社が目をつけて、吉村の周囲のそういった連中を買収すれば簡単なことですからね」

「やっぱり競争会社の手が回っていたのか？」

「内部からも東方食品を裏切る者が出てきていました」

「それが問題の工藤宣伝部長かね。これまでのところ、彼は宣伝費を使いこんでいる。そのため退社を命ぜられたが、依然として本人は居坐っていた。それを社長はどうすることもできない。あれは社長にひけ目があって、工藤をどうすることもできなかったのかね？」

「社長というよりも大山常務です。大山常務は宣伝担当の重役で、つまり、工藤と社費の横領を一緒にやっていたということになっている。それを工藤は逆手にとって、自分だけが辞めるわけはない、大山常務も抱きこんでということになって、あいうふうに悪質に居坐ったのだといわれていました」

「宴席の場に工藤が乗りこんで社長にゴテたのは、そういうわけか。しかし、それなら、なぜ、杠さんは大山常務を一緒に切れなかったのかね。いくら竹馬の友でも裏切者じゃないか？」

「その通りです。全く社長としては大山が竹馬の友なので困ってしまったわけですね。だが、大山を首切るわけにはゆかない。これは単に私情だけでなく、もし常務まで辞めさせると、会社の内部が乱れていることを外に見せることになる。ことに金融銀行筋には、そういうことがいちばん警戒されますからね」

「なるほど。杠さんも痛し痒しというところだったんだな。ところで、大山常務はなぜそんなことをしたのかね。君の話だと、あんまり有能な重役ではなく、ただ社長の竹馬の友ということだけで常務になったような人だった。社の重役というよりも、社長の高級秘書みたいな感じだな。それで、大山さんは社長の私的な秘密を全部知っていた。そういうことから杠さんも大山常務を切れなかったのだろう。社長の温情というよりも、むしろ、そっちのほうが大きいのじゃないか？」

「それは間違いありません。社員間では、大山常務は、社長の公開できない面を全部とり仕切っている夜の実力者だといっていましたからね。けど、大山さんは、それ以上に身を乗り出して会社に勢力を張るようなことはありませんでしたよ」

「そういう重役はどこの会社にもいるはずだ。しかし、ここでぼくが大山さんの気持にもなって考えてみたいね。つまり、大山さん自身も自分の立場をよく知っているわけだ。竹馬の友というと聞えはいいが、幼友だちの一方は出世をする。自分はその下に仕えて一人前の重役とはいえないような社長の雑務をさせられている。これは一方からみれば、能力のない自分を拾い上げてくれた杠さんに感謝しなければならないが、また、当人の気持になってみると情けなくもなるだろうな。大山さんが社の金を工藤部長と共謀して横領したという気持も、単に金ほしさだけでなく、一種の抵抗として分らなくはないよ」

「大山さんはおとなしい、気の弱い人です。先生の云われた抵抗というのは、あの人の場合、ちょっと筋違いかも分りませんね。むしろ工藤部長が大山さんを利用していたと思います。例の宣伝費の使いこみだって、工藤が自分の取った金から、適当な口実で大山さんのポケットに押込んでいた形跡もあります。共謀というよりも、大山常務は工藤にしてやられたわけですね」

「そうすると、工藤は、いつかは横領のことが暴露すると考え、そのための布石として大山常務に金を持たしていたわけだね。なるほど深謀遠慮だ」

「はじめ、われわれもそう思っていたのです。やはり大山さんも工藤と一緒に金を使いこんでいるので、工藤に居直られると、杠さんと一緒に困ってしまった。一応、工藤に退社の辞令を出したものの、それを撤回することもできず、また、キリをつけることもできず、みっともないことになったのだと思っていました。こんな例は他の会社にもあるそうですね。東方食品ほど露骨ではないが、似たような事情が表沙汰にならないというだけだそうですね」

「そうすると、君」

と、私は茶をすすったあと今津君にきいた。

「工藤が神楽坂の待合にのりこんで、杠さんに、大山の悪口を云ったのはどういうわけかね。彼こそ、大山をタテにとって頑張っているのだから、そのへんがおかしいじゃないかね。それとも、あれは工藤の苦肉の策かね？」

「苦肉の策ですが、意味は全然違います。あれは工藤が島田専務と内通していることをかくすために、大山の悪口を云ったのです」

「島田専務と？」

私は、すぐには理解ができなかった。

「島田専務は杠さんに背いていたのか？」

「そうです」

今津君はうなずいて説明した。

「大山常務が杠社長の幼友だちなら、島田専務は社長と東方食品を起すときからの同志です。『経営者十傑』には、二人がアラビアに行ってキャメラミンのヒントを取るところが感激的に書かれてありますね。それから、東方食品がキャメラミンの売出しで大きくなったのも、杠と島田のコンビによる努力が実《みの》ったからです。だが、そのうち、島田専務はそろそろ不安を感じてきたのではないでしょうか」

「それは、大山常務が社長に可愛がられているので、その重役としての地位が心配になりだしたということかね？」

「島田専務にとって大山常務は問題ではありません。また、重役としての地位に不安を感じたのでもないのです。専務としての彼は社長の絶対の信任を得ていましたからね」

「では、その不安というのは？」

「二つあります。第一は、実力は自分より劣るが、なんといっても社長の養子の周治さんが途中からやってきて力をつけつつあり、どうやら自分が社長になる目はなくなったこと。第二は、東方食品という会社そのものに対してです」

「第一の不安はよく分るが、第二の不安はどういうことかね？」

私はきいた。

「島田専務は、東方食品のことなら何でも分っています。杠さんと一緒にそこまで育ててきたのですからね。しかも、その経営の中心になるのはキャメラミンということも分っている。そのキャメラミンが非常に不安な商品であることも島田さんはよく知っていたわけです」

今津君がそう答えたので、私もようやく事情が呑みこめた。

「というのは、つまり、いつかはキャメラミンが売れなくなる。そのときは会社自体が危ないというわけかね？」

「そうなんです。世間はキャメラミンが東方食品を支える最大の売れゆき品というようにとっています。これはキャメラミンの権威を疑ってないことです。こんな例は他の会社にもある。どの会社にも看板商品がありますが、それが看板商品ということで、かえって信用してるわけですね。しかし、ほんとにそれが信用できるかどうかは、実際の経営者が一番よく知っていると思います。こういうような気持が島田専務にもあったと思います。いつかはキャメラミンが転落するときがくる。そのときはどうなるだろう。しかも、杠さんはいま成功者として自ら酔っている。『経営者十傑』などに登場したりして名士になっている。これが島田専務に大きな不安を与えたと思います」

「しかし、杠さんは年寄だ。彼が死ねば島田専務が社長に昇格する可能性はあるのだろう?」

「ええ、可能性はありますが、絶対多数の株は杠さんの家族が受継ぎますからね。それも仮りに、社長になれたとしても首根っこは杠家に押えられているわけです。それも会社の基礎がしっかりしていれば経営を上手にやる自信もあるでしょうが、看板商品を一番よく知っている男には、それだけの自信がなかったと思います。会社がいけなくなった場合、重役というのは惨めですよ。若い社員だといくらでもよそにツブシが利きますが、役員という肩書の履歴と年齢のため、よそに就職することもできません。ほかの会社だって失敗した経営者は迎えませんからね。当人も、まさか若い者と同じように履歴書を持って知人の間を駆け回ることもできないでしょう」

「島田専務の不安は分った。しかし、それが会社への反逆とどう関係するのかね？」

「彼は、キャメラミンが世間から華やかな幻影を持たれている間に会社そのものを潰し、自分の転身を図ろうとしたのです」

「それが東方食品の競争会社かね？」

「そうです」

「しかし、競争会社だってキャメラミンの実体は知っているだろう？」

「そこが面白いんですね。競争会社のほうでもキャメラミンに幻想を持っていたわけです。むろん、宣伝ほどの実体はないと思っても、キャメラミンがもつ商品的イメージに騙されていたのです。これは素人とは別な意味で、玄人は玄人なりの錯覚があるわけですね。その世界の中にのめり込んでしまえば、案外わからないものです。玄人にとっては商品の実体よりも、世評というイメージにどうしても重心がかかります」

「それは面白い観察だが、島田専務はそれを利用したというわけか？」

「キャメラミンの虚像が崩れないうちに、早いとこ身の振り方をつけようというわけですね。つまり、繁栄している東方食品を背景に自分を高く売ろうというわけですね」

「なるほど、その気持は分らなくもない。東方食品が隆盛をつづけているのは島田専務の隆盛でもあるからね。それで、島田さんは、繁栄している会社の叩きつぶしを競争会社に売込んだわけかね？」

「島田さんが一方的に売込んだというよりも、ちょうど、そういう空気が競争会社から流れて来ていたのでしょうね。それをうまくつかまえたわけです」

「看板商品がいつかは化《ばけ》の皮を現わす。その前に転身を図ろうというのは、なかなか利口な考えだ。しかも、手を回して看板商品の化の皮を人為的にめくったのだから知恵も働いている。で、島田専務は今、どうしている？」

「競争会社にちゃんと鞍替えして、いい地位をもらっていますよ。なんといっても東方食品をつぶしてくれたというので、向うも島田氏を大いに徳としていますからね」

「そうすると、吉村氏の研究論文を使いはじめたのは島田さんかね？」

「そうなんです。はじめ、吉村のあの資料が目立たないところに出はじめたころ、島田さんは社長と一緒にぎょっとなったわけですね。多分、ヒヤリとしたでしょう。もし、これが大新聞に出れば、たちまち商品の売れ行きにひびくことは目に見えている。そのころの島田さんは、それが一般にひろがらないように苦労しています。それがのちに、今いったような島田さんの着想に変ったわけですね」

「そのことは吉村氏を東方食品が懐柔することで一応おさまった。そのあと、吉村氏の助手だか何だか知らないが、そういう周囲から資料が出て大新聞に載ったのは島田さんの策動かね？」

「現在、島田氏は競争会社に行っていることからして、その推察は確定的です」

「資本主義の競争は激しいものだね。ところで、さっき、君は、工藤宣伝部長が島田専務とつながっていて、それをかくすために大山常務の悪口を云い出したといっていたな？」

「はあ」

「それはちょっと理屈にあわないじゃないか。もし工藤が島田とつながっていることをかくすのだったら、大山常務にくっついていることを見せたほうがいいじゃないか。そのほうが、島田とはなれているようにみえる」

「そこが島田氏の深い考えですね。なるほど、常識的には先生の云われた通りです。だが、工藤がまるきり大山といい仲だとすると、例の公金の横領がばれて、大山もやっているじゃないか、おれをクビにするなら大山も同類だという、あの工藤の凄みが利かなくなります。そこを自然に見せるためにも、大山と内輪揉めになってい るようにしたほうがよいのでしょう。そのほうが、かえって工藤と島田は無関係だと人は思いますよ」

「それも、島田の深謀かね?」

「工藤と相談の上でしょうね」

「ところで、君のノートには、君の上司でもあり考古学者でもある浅野さんの妙な行動がチラチラと出てくるね。あの浅野さんの映像は、ぼくにはたいへん面白かった。ああいう好人物はどこの会社にもいる。栄誉も出世も諦め、自分の趣味だけを生きる拠《よ》りどころにしている老社員の無関心さが出ているのだが、その浅野さんも案外なところでスパイ的なところをみせているね。たとえば、君がナイトクラブかどこかで工藤にご馳走になった晩、偶然に、その近くの前を飄然と歩いていたり、ほかのところでも同じような場面があったりしたね」

「そうなんです。いま、老社員の無関心さと云われましたが、それは誰からも問題にされない結果、そうなってゆくので、会社づとめをする以上、やはり出世欲は埋もれ火のように残っていますよ」

「浅野さんは誰のために工藤の行動を内偵していたんだね？」

「杠社長です」

「杠社長が浅野さんに目をつけたのはさすがだね。ああいうような人だとどこに現われていても、みんな妙には思わないだろうからね。人間が変っているから、飄々としてどこでも歩いてるくらいにしか思わないだろう。そこに目をつけた杠氏はさすがだ。ところで、そのころから杠社長は工藤部長の使いこみに気がついていたのか？」

「そうなんです。あの会社を一代でつくってきた人だけに、宣伝費の尨大なのに何かあると思ったのですね。しかし、これは腹心の大山常務にも洩らせない。杠さんは、大山常務が宣伝担当重役なので、辣腕の工藤に抱きこまれていると思ったのです。重役に云えないから、浅野さんを蔭に呼んで内偵を頼んだのでしょう。それで、社長はやはり浅野さんに云いつけて、業界紙に工藤の宣伝費の使いこみや、各広告媒体業者からリベートを巻上げていることなどを吹込んだのです。杠さんは、こういうことから工藤部長の追出しを図ったわけですね」

「それがうまくゆかなかったわけだが、なるほど、会社というのはすさまじいもんだな。だが、東方食品の場合は、社内の派閥争いというのではなく、社長と一緒にあゆんできた専務が看板商品の転落を予想して、早いとこ自分を高く競争会社に売ったのが特徴だな」

私は、新しくいれかえられた茶をのんだ。

「それじゃ、工藤部長も島田さんとこっそり組んでいたのだから、自分も競争会社に買われてゆくつもりだったのだね？」

「そうなんです。キャメラミンを売り出した腕に自負がありますから。また、それは業界でも認めていたのです。ところが、工藤は向うには買われずに、売れ残りましたよ」

「どうして？　そんな優秀な宣伝マンなら、競争会社だって彼を欲しいだろうにね」

「やはり、テレビ局や広告業者からリベートをとったり、金の費い込みをしていたのが、いけなかったのです。いくら腕がよくても、そういうことは、どこの会社でも最も警戒しますからね」

「島田さんも、工藤を見捨てたのかね？」

「というよりも、島田さんは、はじめから単独で身売りしたかったのです。身内を連れて行くと、先方の会社に警戒される。それは損ですからね。……これは、ぼくの推察ですが、工藤宣伝部長に業者からもっとリベートをとるようにすすめたのは、実は、島田専務かも分りません。身軽に鞍替えするために、工藤さんを切る口実ができますからね」

「なるほど」

「また、他社の優秀な宣伝マンを競争会社が気乗りして引取るわけもありません。どこの会社にも、それなりのプライドがありますから。それに、かんじんのキャメラミンがダメになるのですから、それを売り出してきた実績も色あせたものになります。そのへんを工藤さんは気づかなかったのですよ」

今津君は長い話を終って、冷めた茶を咽喉に流した。

「君には、いい勉強になったね？」

「短い期間をつとめていただけですが、勉強にはなりました。しかし、どうも、スッキリしません。機構と人間関係の醜い策略ばかり見せられたようなものです。それが今でもマイナスになっています。こうした雑誌記者の仕事上、著名人の話を書いたりしますが、みんな『経営者十傑』になってきそうなんです。あんなところに勤めるのじゃなかったと思います」

「もったいないことをいってはいけない」

と、私は云った。

「東方食品にいたからこそ、いい奥さんをもらったんじゃないか」

今津君は、その私の言葉を聞いて明るい顔になった。それがあまりに急だったので、おや、と思っていると、

「実は、お願いがあるんです」

と、今津君は決心したように切り出した。

「女房のやつ、神楽坂に出ているときから踊りをやっていたものですから、半分は実益、半分は趣味で、近所の子供に舞踊を教える内職をしているんです。今度、その小さな公演会をやることになりましたが、その切符を五枚くらい買っていただけませんか?」

「流れの結像」改題

解説

山前《やままえ》 譲《ゆずる》
（推理小説研究家）

東方食品の今津章一は文書部社史編纂室で、社史執筆の資料を集めているところである。ただ、事実上それは創業者である社長の伝記なのだ。その社長、杠《ゆずりは》忠造の経歴についてはすでに、『経営者十傑』という本に詳しく書かれていた。当初はインスタント・コーヒー、ソース、カレー粉などをつくっていたが、何か特徴のある商品がほしかった。そこで杠が思いついたのは食品と薬との結合であり、かつて勤めていた漢方薬の店で目にした「駱駝《らくだ》の茨《いばら》」、英語名Camel Thornだった。灼熱の砂漠に強い駱駝の秘密がこの灌木にありそうだ——キャメル・ソーンを求めて杠は、現専務の島田とともにベイルートへ飛ぶ。

杠が中近東からトランク一杯に詰めて持ち帰った、棘だらけのキャメル・ソーンを薬学博士に分析してもらうと、人体に有効な成分が抽出される。杠は「キャメラミン」という商品名で売り出し、大々的な宣伝をした。それは成功し、東方食品の看板商品となる。だが、その「キャメラミン」にある疑惑が浮かび上がって……。

〈松本清張プレミアム・ミステリー〉の第五弾が、『地の指』からスタートした。続いて本書『風紋』、『影の車』、『殺人行おくのほそ道』、『花氷』、『湖底の光芒』、『数の風景』、『中央流沙』と、全八点がラインナップされている。さまざまな人間心理の綾、旅情、破滅への道、企業経営の悲哀、土地利権のからくり、官僚の不審死など、それぞれ独自のサスペンスに彩られているが、〝巨匠がはじめて執筆するビジネスマン小説〟の惹句《じゃっく》で雑誌に連載されたこの『風紋』は、食品会社経営陣の確執とその経営を支えている食品をめぐっての疑惑が、松本作品のなかでも異色のサスペンスを駆り立てていく。

企業の創業、そして経営の安定化においては、やはり創業者のパワーが必要だろう。富を得たいとか社会に貢献したいとか、創業者の意図するものはいろいろあるにしても、会社の存続には、トップに立つ人物の発想や決断が重要な意味を持つ。

東方食品の盛業はやはり、創業者の杠の精力的な企業経営の賜《たまもの》である。主力となっているユニークな栄養食品「キャメラミン」の開発への情熱でもそれは明らかだ。婿養子の杠周治副社長、島田専務、中学校時代の同窓である大山常務といった経営陣が意見を述べるにしても、杠社長の権力は絶大である。今津が執筆する社史においても、その功績を強調しなければならない。

日本で海外旅行が自由化されたのは一九六四年四月のことだが、松本清張は四月十二日に初めて海外へと旅立っている。コペンハーゲン、アムステルダム、パリ、ロンドンなどを歴訪して帰国したのは五月三日だった。その旅の後半でも中東のエジプトやレバノンを訪れていたが、一九六五年四月から五月にかけて、あらためて中東諸国を訪れている。その年に連載を開始した異境の地での恋愛小説『砂漠の塩』のための取材旅行だった。

エジプトのカイロ、レバノンのベイルート、シリアのダマスカス、そしてイラクのバグダッドと旅している。そのバグダッドへ向かう双発プロペラ機の機中から眺めた風景をこう表現している（「〝地の塩〟地帯をゆく」週刊朝日増刊「中東戦争」一九六七・六・二十五）。

砂漠といえば平面的なものと思っていたが、山岳あり、谿谷あり、盆地あり、涸れ谷あり、平原ありで変化に富んでいる。しかも、その色合いが黄色のベタではなく、茶褐色のほか、赤茶色、灰色、菫色とさまざまな色調に分けられてある。これが飛行機で二時間近くつづくのである。ときどき送油管の監視所《ステーション》らしいものが白い砂粒のように見えるだけで、あとは雲一つなく蒼く澄み渡った空と、視界いっぱいの黄褐色の地球しかない。死の地図をつくればこういうものになろうか。

こうした取材旅行のなかで、砂漠の植物に興味を持ったのだろう。『砂漠の塩』でも、酷な自然環境にある砂漠で貪欲に生息している、「駱駝の茨」ことキャメル・ソーンについての描写がある。

ただ、その特性について現地で詳しい知識を得たわけではなかったようだ。連載中の担当編集者の回想には、キャメル・ソーンについて調査を頼まれたものの、なかなか分からなかったことが記されている（伊藤寿男「好奇心と先見性」文藝春秋版『松本清張全集46』月報　一九八三・十二）。はたしてその植物に栄養学的な有効成分があるのだろうか。植物にはまだ未知のことが多いので、もしかしたら本当に……。そんなふうに思わせてしまう虚実ない交ぜの物語が興味をそそる。

『風紋』の経済小説的な興味のなかで異彩を放っているのは、今津の上司である浅野社史編纂室室長だろう。考古学が趣味で、休日によく古代遺蹟を見に出かけている。そんな見聞を折に触れて今津に話し、自宅に招いてコレクションを自慢したりするのだった。松本作品では考古学関係がひとつのジャンルとなっている。朝日新聞社勤務時代の校正係主任が考古学好きで、その影響で北九州の遺跡を歩き回るようになったという。そんな作家となる以前の思い出が、浅野室長に投影されている。だが、栄誉も出世も諦めて趣味に生きているように見えるサラリーマンもまた、会社という組織からは逃れられないのである。

『風紋』は一九六七年一月から翌一九六八年六月まで、「流れの結像」のタイトルで「現代」に連載されたもので（一九六八年四月、五月は休載）、一九七八年六月、講談社から刊行された。その後、講談社文庫としても刊行されている（一九八一・七）。さらに、文藝春秋版『松本清張全集46』（一九八三・十二）と中央公論社版『松本清張小説セレクション16』（一九九五・九）にも収録されている。

連載が開始された一九六七年一月も作家活動は活発だった。前々年からの連載に『Dの複合』（宝石）がある。前年からの連載に『狩猟』（オール讀物）、『葦の浮船』（婦人倶楽部）、『棲息分布』（週刊現代）、『火の虚舟』（文藝春秋）といった小説の他、いよいよ古代史に本格的に取り組んだ『古代史疑』（中央公論）があった。そして一月からは『風紋』のほか、連作の『紅刷り江戸噂』（小説現代）と『黒の様式』（週刊朝日）、長編の『隠花平原』（週刊新潮）の連載も始まっている。一九六四年から一九七一年まで連載されたノンフィクションの大作『昭和史発掘』（週刊文春）もあった。一九六七年三月、その『昭和史発掘』などの作品と幅広い作家活動に対して、第一回吉川英治文学賞が与えられたが、誰もが納得する贈賞だったに違いない。

「現代」は一九六七年一月に創刊されたビジネスマン向けの月刊誌で、『風紋』のテーマもそれに合わせて選ばれたのは明らかだ。連載当初、「キャメラミン」は「キャメル糖」となっていた。時代背景や貨幣価値など、刊行にあたってはほかにも改訂加筆がなされている。二回の休載は急遽決まった当時の北ベトナムのハノイ取材のためで、入国するまでの苦労は、『ハノイで見たこと』（一九六八）で語られている。

『松本清張全集46』の月報に寄せた「着想ばなし」で作者は、〃この小説中の人物もちょっとした思いつきで栄養剤を開発した。薬品ではないから厚生省の審査は要らない。あとは宣伝につぐ宣伝で大成功となった。だが、宣伝と実体はあまりにかけはなれていた。いつの日かその虚像は暴露される〃と述べていた。

『風紋』ではしだいに工藤宣伝部長の行動がクローズアップされていく。〃その宣伝技術の卓抜さで栄養食品キャメラミンを今日あらしめた人間〃である。「キャメラミン」はあくまでも食品であって薬品ではない。そこで工藤は、アラビアンナイト的な幻想と漢方薬的な活力素を謳いあげることによって、薬と同等の効果を上げるような印象を作り上げたのだ。その成功の背景にある巨額の宣伝費用が、人間の欲望を駆り立てていくのは言うまでもない。そして「キャメラミン」の販売に危機感を抱いた東方食品は、いっそう大規模な宣伝を仕掛けていく。一方、東方食品の内部では……。企業小説ならではの展開がサスペンスの源となる。

「着想ばなし」には〝この小説も事実をヒントにして書いた〟とも述べられている。一九六〇年代、テレビによる大々的な宣伝で売れ行きを伸ばしていた医薬品のいくつかで、その薬効が取りざたされたことがあった。その効能が過大表記だと指摘されたのである。そこに『風紋』の発想の端緒があったのだろうか。薬の効き目や栄養食品の利点が、宣伝によって過大にイメージされてしまう傾向は否めない。

そして現代、健康はますます大きな関心事となり、健康食品やサプリメントが数多く出回っている。そして会社経営をめぐるさまざまな騒動も報道されている。ある食品会社が内包していた危うさを暴いていく本書『風紋』は、今もってあまりにもリアルなサスペンス長編だ。

一九八一年七月　講談社文庫刊

※本文中に「浮浪者みたいな」「気違いではないか」「ドレイのような芸者」など、今日の観点からすると不快・不適切とされる比喩が用いられています。しかしながら、作品成立当時の時代背景と、作者がすでに故人であることを考慮した上で、編集部ではこれらの表現についても底本のままとしました。もとより差別の助長を意図するものではないということを、ご理解ください。

（編集部）

光文社文庫

長編推理小説
風《ふう》　紋《もん》　松本清張《まつもとせいちょう》プレミアム・ミステリー
著　者　松《まつ》　本《もと》　清《せい》　張《ちょう》

2018年6月20日　初版1刷発行

発行者　鈴　木　広　和
印　刷　堀　内　印　刷
製　本　榎　本　製　本

発行所　株式会社　光　文　社
〒112-8011　東京都文京区音羽1-16-6
電話 (03)5395-8149　編　集　部
8116　書籍販売部
8125　業　務　部

ISBN978-4-334-77670-1　Printed in Japan

組版　萩原印刷